LE FREAK

Runny Magma

TRACKLIST

01.REACH OUT I'LL BE THERE

«Buonasera signor Salvadori, sono Francesca Mazzanti, si ricorda di me?»

Sul momento rimango spiazzato, una mano continua a dispiegare goffa e distratta l'asciugamano per la doccia, perché è da qualche anno che non li sento e mi verrebbe quasi voglia di riattaccare, mentre il sangue mi affluisce alla testa insieme a un sacco di ricordi scombinati, il cellulare vicino all'orecchio che mi fa sudare, ma in quella redazione e fra i telespettatori ci sono fra i pochi che non ricordano Grazia come una troia tossica che in fondo la finaccia se l'è cercata e cerco in tutti i modi di raccapezzare le idee.

«Sì, sì, certo, buonasera» rispondo così, nel disperato tentativo di appiccicare le sillabe il più possibile, l'asciugamano ormai abbandonato sul materasso. «Mi fa piacere che anche voi vi ricordiate di me.»

Non è una frase di circostanza, e in fin dei conti non sarei riuscito a riattaccare; tuttavia, se da un lato non demordo, dall'altro ripiombare all'improvviso in quella storia, senza un preavviso, mi mette in agitazione.

«Volevamo dirle che abbiamo in programma di dedicare una puntata ai casi irrisolti avvenuti nei dintorni del monte su cui c'è stato l'incendio e ovviamente abbiamo pensato di chiederle se se la sentiva di tornare da noi in trasmissione.»

Mi gratto una tempia ancora confuso, mentre la specchiera della camera da letto mi rimanda un'immagine di tanti magri e biondicci me stesso che si sovrappongono l'uno all'altro in ordine cronologico.

Sì, forse loro sono fra i pochi che non ricordano Grazia come una troia tossica che in fondo la finaccia se l'è cercata, ma il pretesto dell'incendio sui monti del pisano avvenuto a fine estate mi pare un prenderla un po' troppo alla larga. Cercano il sensazionalismo, e in definitiva è il loro mestiere, però rammento lo staff come un gruppo di professionisti seri ed educati e, se voglio che questa brutta faccenda non venga dimenticata, si tratta dell'occasione giusta anche per me per riportarla alla memoria di tante persone o di farla conoscere a chi non l'aveva mai sentita prima d'ora.

Mi hanno sempre detto che sono un bell'uomo, che nonostante gli anni sembro un divo di Hollywood, che sono telegenico, benché io mi veda slavato, e lo penso ancora fisso sullo specchio, quasi per divagare come facevo allora; e anche questo da un certo punto di vista mi dà fastidio, come a dire che se fossi stato brutto non mi avrebbero fatto andare in tv. Sarà solo una mia impressione da disilluso tardone.

Ho cinquantotto anni, lavoro da quando ero giovane, se questo brulicare di governi non continua a scombinarmi l'esistenza, alla pensione non manca molto, e l'essermi sistemato con l'uomo giusto ha dato un senso anche alla mia vita sentimentale. Sono forte, posso portare avanti le mie idee. Eppure mi sento così indifeso, inutile, in riferimento a queste vecchie vicende... Preferirei godermi il presente per quello che è.

«Signor Sergio, è ancora lì?»

«Sì, sì, ci sono.» Ecco, questo famigerato presente già mi sta sfuggendo di mano. «Mi perdoni, ma come ben capirà ripensare a...»

«Ci mancherebbe.» Lei è accomodante, forse il più cinico e ormai distaccato fra i due in realtà sono io. «Se ha bisogno di pensarci, basta che ci faccia sapere entro un paio di giorni, noi siamo come sempre a sua completa disposizione.» E so che è vero, che non me lo sta dicendo un tizio di un call center che vuole vendermi qualcosa, se non un poco di visibilità gratuita a fin di bene. «Ovviamente la trasferta sarà a nostre spese.» Giustappunto. Di questi tempi non fa mai male precisarlo.

«Io la ringrazio ma...» Mi siedo come in trance sulla sponda del letto. L'asciugamano da cincischiare. Alla fine ho consumato io quel corredo. «Ma...» La promozione in fabbrica da operaio a impiegato. La pensione vicina. Il bel rapporto con l'uomo della mia vita. Una storia del passato che salta di nuovo fuori per non andare di sicuro da nessuna parte, fra incendi, decenni di vegetazione e picnic che hanno ormai mandato a farsi fottere le prove che con le tecniche degli ultimi anni avrebbero potuto portarci da qualche parte. Babbo è morto da tempo, mamma due autunni fa, Grazia non ce la ridarà mai nessuno. Ma cosa cazzo... «Credo che io...» Due occhi neri che t'incenerivano. Un ballo di sesso sfrenato in mezzo al bosco. Quel ragazzo senza nome che non ho più visto né sentito. «Ecco, io non saprei...» La mamma convinta che Gloria Gaynor avesse un cognome a caso, il Ciao, le radio, il collettivo sul monte, Marx a pappagallo e il respiro da trattenere per infilarsi i jeans. «Non so che dirle perché...» Lo stanzino di Flavio che puzzava di ferro mentre i baracchini dei camionisti si infiltravano nell'apparecchiatura da radioamatore. «Cioè la ringrazio, però...» Però, eh, però che colpo al cuore quel giorno.

«Sergio, ti capisco, non c'è bisogno di spiegazioni.»

All'improvviso la Mazzanti passa dal lei al tu, forse lo aveva già fatto in precedenza, ma me la fa sentire viva, reale, vicina, e non perché avverto nel suo tono un infido senso di persuasione ruffiana.

Quel giorno, sì.

«Guarda, Francesca» replico d'un tratto, sentendo la mia voce provenire dall'esterno, come dalla bocca di qualcun altro, di un altro me, di un vecchio me, o forse di un giovane me. Di sottofondo c'è *Reach Out I'll Be There* proprio nella versione della Gaynor, e mi sta dicendo che, se sento di non farcela, perché ogni speranza è svanita, la felicità può non essere solo un'illusione. Glitter, e faretti multicolori come stelle. Il presente è quello che è, e ne sono più che soddisfatto, però quella spinta, quel coraggio, quello slancio che non finiva mai... «Vengo di sicuro.»

Quel giorno del 1979 che mi scombussolò la vita.

02.KNOCK ON WOOD

«L'altro giorno un camionista s'è infilato nello stereo mentre sentivo i Genesis in cuffia» sbottai entusiasta una volta entrato nel ripostiglio di Flavio, dopo essermi serrato alle spalle quella porta che doveva rimanere sempre e rigorosamente chiusa. «Diceva "Tigre! Tigre!".»

«Boia, le cuffie?» reagì d'impeto il proprietario del tugurio. «È da borghesucci snob.»

«Siccome i Genesis...» Virgilio mal tollerava sia le cuffie progressive sia i gruppi intellettualoidi, quasi quanto il nome che gli era stato affibbiato dai genitori, entrambi professori di Latino alle medie, che lo avrebbero preferito a un colto e faraonico concerto di Emerson, Lake & Palmer, piuttosto che a ballare i Bee Gees in discoteca.

«Di tanto in tanto mi capita» cercai di giustificarmi, nell'incassarmi nelle spalle. Quello che mi colpiva ogni volta che entravo nello stanzino da radioamatore era l'odore di ferro lucidato, di officina, simile a quello delle mani del babbo quando tornava dalla fabbrica. Presto anche le mie mani avrebbero avuto quell'odore, perché i soldi per andare all'università non c'erano, quelli che racimolavo con i lavoretti di fortuna erano bastati giusto per un Ciao usato – già era stata un'impresa passare dal mangiadischi allo stereo – e la mia vita era indirizzata sulla strada che tutti ritenevano quella perfetta per me.

Ma la vicina di casa a cui i miei facevano tanta pubblicità... quella no, nessuno mi avrebbe mai costretto a inscenare un matrimonio di copertura, avrei preferito morire o mettermi con quell'esoso di Virgilio. Se solo Virgilio fosse stato come me, ovvio, e se solo i miei avessero compreso un accidente di me.

«Il tizio dell'altro giorno mi ha mandato una cartolina postale.» Seguii il dito di Flavio verso il muro alla mia destra. Ci si accomodava al millimetro in quel ripostiglio stretto e allungato, perché da un lato c'era un armadio così stracolmo che gli sportelli non si chiudevano. Gli avevano fatto persino il corredo, a Flavio, anche se era un maschio. Chissà noi quando avremmo finito di consumare quello di mia sorella, che di certo non si sarebbe sposata, così come me... Poi scarpe per terra, scatole dappertutto e, sul fondo, il tavolino con l'armamentario del genio. Una sedia per lui, una per Virgilio e il panchetto d'avanzo per me. Tutti appiccicati. Quasi come le cartoline sul muro, inserite con cura in una sorta di bacheca di bustine trasparenti.

C'erano immagini di città di tutta Italia e addirittura del mondo, da cui Flavio era solito rimuovere i francobolli, essendone un collezionista, tanto che io e Virgilio avevamo preso l'abitudine di mettere le buste a mollo quando arrivavano lettere a casa nostra; una volta che la carta si era ammorbidita, staccavamo le affrancature senza sciuparle, come lui stesso ci aveva insegnato, e gliele portavamo senza ben capire la fissazione per la filatelia. Francobolli comuni. A che potevano servire, se già usati? "Per gli scambi" diceva lui. E a noi bastava. Ma c'erano anche cartoline postali con i saluti degli sconosciuti che si mettevano in contatto col nostro amico tramite la loro passione comune. «Un giorno questa cosa la faranno tutti, magari con la televisione o con i telefoni.»

«Che cazzata» replicò Virgilio, con aria di superiorità. «Tutti con il computer di Odissea nello spazio in casa, secondo te.»

«Perché no?» ribatté Flavio, divertito.

Io in fabbrica, Virgilio a Filosofia e Flavio a Ingegneria. Facevano tanto i contestatori, ma l'unico proletario in definitiva ero io, che rimanevo al mio posto, col capo slavato e chino, in tutti i sensi. I genitori di Flavio erano democristiani, quelli di Virgilio socialisti e a casa mia... tutti per Berlinguer. Un trittico variegato e colorato, che nonostante tutto a noi stava bene così, anche perché, in quanto a tifo, tutte e tre le famiglie erano viola.

Flavio avrebbe voluto prendere Informatica, ma suo padre riteneva che a Pisa fosse nata da troppo poco tempo per essere buona a qualcosa, o forse non ne capiva quanto il figlio che era indirizzato più o meno quanto me, seppur diversamente. Un ragazzo con gli occhiali, non proprio invisibile nella stessa misura della fidanzata casa e Chiesa, dato che aveva un cesto di ricci rossi che parevano cotonati per natura, ma con un cranio in grado di fare la differenza. Matematico, frazionato, disciplinato. Da batterista. Solo in cantina, però. Lui invece si chiamava così perché il pel di carota era stato ben visibile sin dalla nascita, per cui l'ingerenza latina si era limitata all'etimologia inerente la doratura. Solo il secondo nome, Giovanni, tradiva l'amore biblico della famiglia, ma lui lo esprimeva perlopiù attraverso profezie apocalittiche. Dunque pure io mi stavo chiedendo: "Perché no?".

Su Virgilio invece non c'erano state discussioni, era un predestinato e, da borghesuccio snob qual era, fingeva di non sopportare quanto non accettava della sua stessa resa, con giacche di velluto a coste rattoppate sui gomiti, lunghe e brune code di cavallo, e pizzetto da Che. Be', faceva caldo, quel giorno indossava una semplice maglietta, e tra l'altro gli stava parecchio bene. Un gran belvedere, l'amico del cuore da impostare solo come amico del cuore, e spesso un pochetto insopportabile.

La volontà di sapere di Foucault che gli sfuggiva dalla tasca sul retro dei jeans.

Ci si era talmente fissato che voleva prestarmelo per farlo leggere anche a me, ma io ci avevo capito poco a partire dalla quarta di copertina, sapevo solo che era un libro di filosofia contemporanea, che parlava di sesso, e avevo paura che Virgilio volesse farmelo leggere perché trattava temi particolari, così ogni volta dribblavo.

Sta di fatto che sin dalla prima media mi ero scelto questi radical chic quali migliori amici e, se io avevo fatto l'ITI, mentre loro erano andati uno allo Scientifico e l'altro al Classico, mi erano rimasti accanto anche quando qualche maligno aveva diffuso alle mie spalle voci su un probabile orientamento anomalo. Erano solo voci sul fatto che non mi avevano mai visto in atteggiamenti particolarmente affettuosi con qualche ragazza, niente di più, e niente davo a vedere, tenendomi tutto dentro o quasi, né ero per forza "finocchio" se non mi piaceva la vicina di casa, però queste voci sull'orientamento avevano ragione, ecco.

Orientamento che del resto avevo sperimentato solo in vacanza a un concerto di Renato Zero, dove un sorcino mi aveva dato un bacio in mezzo alla folla. La prima cosa che mi era venuta in mente era che un fatto del genere non mi sarebbe accaduto mai più – Un bacio a un ragazzo? In mezzo alla gente? E nessuno che vede un cavolo perché sono tutti impegnati a cantare addirittura di triangoli e gente che si vende? – poi che non mi era garbato più di tanto, ma di sicuro perché non mi garbava più di tanto il sorcino in sé e per sé. Se non altro, lì intorno non c'era nessuno che avrebbe potuto riconoscermi.

«Te sei tutto matto.» La conclusione perentoria di Virgilio, rivolto a Flavio, mi riportò alla realtà e a quei suoni acuti e scombinati che provenivano dalla radio. «Farai strada.»

Diciamo che in fin dei conti ci volevamo un gran bene.

«Da fermo.» Alla replica di Flavio, ridemmo di gusto tutti insieme, dividendoci le ultime tre cicche rimaste nel pacchetto di MS king size, un enorme posacenere in marmo di Carrara poggiato in un angolo pericolosissimo del ripiano.

E io, di bene, gliene volevo soprattutto perché non parlavano mai di quelle voci che pareva si stessero smorzando. O, perlomeno, credevo che si sarebbero smorzate se avessi smesso di svuotarmi le palle da solo e mi fossi trovato la copertura tanto agognata dai miei che dicevano e non dicevano. Come tutti, del resto. Cioè, quelle cose proprio non si dicevano, il babbo men che mai, ma la mamma per la paura ogni tanto ci scivolava su, quasi dovesse rammendare con ago e filo quell'errore che era scappato in famiglia, sebbene quell'errore non fosse più scandaloso della sorellina che se n'era andata a zonzo con i ragazzi malfamati e da tempo dormiva fuori casa. Roba da poveracci come noi, via. Mica ti potevi aspettare dei bravi figlioli come Flavio e Virgilio... che si sbronzavano quasi tutti i sabati sera, per la *febbre*.

Discoteche di provincia in cui ero andato talvolta anch'io; buchi che cercavano di imitare in maniera non troppo maldestra, e pacchiana nella misura giusta, lo Studio 54 di New York, lo ammetto, con quei quadrati colorati sulla pista che si illuminavano a ritmo della musica; quelle serali, certo, frequentate da gente che già lavorava, perché le disco della domenica pomeriggio, dove trovavi quasi tutti i compagni di scuola, parevano case addobbate per una festa di compleanno; ma le canzoni non mi prendevano comunque, e i fighetti che si credevano di essere John Travolta men che mai; per non parlare degli imbarazzantissimi balli di gruppo, dato che io preferivo ascoltare, guardare o girare qua e là senza costrizioni.

Non facevo versacci allo specchio in slip neri, né avevo il poster di Farrah Fawcett in cameretta, anche se il modo in cui erano posizionati i peli di Tony Manero mi garbava parecchio. Gli Abba mi piacevano, ecco, loro sì, ma, quando li nominavo, tutti mi dicevano che erano pop, non disco. Bah... Mica potevo addirittura confessare che avevo una cotta per Rino Gaetano? O forse lui ai radical chic andava bene e bastava dire che non ne ero cotto?

«Non sono più da borghesucci snob i Bee Gees?» mi scappò detto a quel punto, con sarcasmo, non tanto per punzecchiare Virgilio, quanto per cercare di sondarne i pensieri che ogni tanto apparivano profondi, da filosofo vero, e mi affascinavano.

«Tu non capisci.» E figurati... «La controcultura hippie è superata, tutti quei gruppi che ascolti tu non li comprende più nessuno, sono troppo cervellotici, troppo al centro della scena, ora i protagonisti siamo noi, il nostro corpo!» E come si infervorava quando parlava così, con gli occhi spalancati quanto i palmi. «I musicisti non servono quanto i vinili, i disc jockey e la gente che balla in discoteca.»

«Ma quelle canzoni parlano solo d'amore» accennai, alzando una spalla, come se per me dovesse assolutamente apparire un argomento di scarsa rilevanza, rispetto agli astri dei Pink Floyd e di Bowie. «Sono superficiali.»

«Sono rivoluzionarie, come il punk!» Virgilio scosse il capo, guardandomi come se fossi lo scemo più scemo dell'universo e, per un attimo, solo un attimo, lo vidi brutto.

«Tutti sono capaci di suonarlo e di capirlo, non importa aver fatto il Conservatorio come gli Yes, e le canzoni della disco sono di gente che prima era emarginata, gente nera, gente...» E mi sventolò una mano contro, stringendo le labbra e le palpebre. «Gente che adesso prova senso di rivalsa.»

L'istante successivo invece mi fissai nei suoi occhi, ebete di fronte al semidio, e lo scorsi deglutire, persino arrossire, prima di voltarsi di nuovo verso Flavio che sdrammatizzò, facendomi infine capire: «Ti garbano i Village People, Sergio?» Una risatina sommessa, e Virgilio non nascose un sorriso nella sua ennesima scossa di capo, mano sulla fronte, gomito appoggiato sul ginocchio.

«Qualche canzone mi garba, sì» sviai invece io. Sì, anche se esageravano, o forse proprio perché esageravano, o forse ancora perché in mezzo a poliziotti, indiani e cowboys c'era l'operaio col caschetto antinfortunistico.

«E Sylvester?» insisté Flavio, poi prese a canticchiare *You Make Me Feel* in falsetto.

«Lui no.» Sul serio, mica fingevo. Ventagli, turbanti, ombretti in pasta... Oh Dio, Renato mi garbava, ma le canzoni erano diverse. O no? Perché stavamo parlando di canzoni, vero? Non avevo fatto in tempo a pensare a cosa mi era sempre piaciuto di loro, che si erano messi a prendermi velatamente in giro. Cioè... Flavio. Virgilio in realtà aveva fatto davvero uno dei suoi discorsi profondi che mi affascinavano tanto.

«Era tutta insanguinata» s'intromise una voce metallica. «Poi non l'ho vista più.»

Ci voltammo di scatto verso la radio che aveva appena emanato cotale decreto e ci osservammo stralunati, in attesa che i gracchi provocati dall'assestamento delle manopole ci facessero percepire qualcos'altro.

«Te ti sei fumato il cervello.»

Anche la seconda voce si levò metallica, sebbene più definita, grazie ad alcune manovre di Flavio. Sembrava che dall'altra parte non ci stessero sentendo, dati i mancati cenni di risposta ai per me indecifrabili comandi di Flavio su modulazioni di ampiezza e bande laterali, come il camionista che urlava "Tigre! Tigre!".

«Ti dico che è vero.» Di nuovo la prima voce. In effetti, un po' fatta e biascicata. I suoni adesso erano chiarissimi, avrebbero potuto essere anche i vicini di casa al telefono. «M'è bastato di girarmi e fare qualche passo per vedere se c'era qualcuno e lei lì sdraiata non c'era più.»

«Te lo sei sognato.» La seconda voce, e poi qualcosa tipo: «Fulmine.»

«Non ci sentono?» chiese Virgilio.

Si mostrava incuriosito quanto me, ma l'altro scuoteva il capo.

«Succede spesso.» Flavio ridacchiò, straniante. «Anche se non mi era mai capitato di sentire di gente insanguinata che spariva.»

«Nessuno si preoccupava per la Grazia da viva, figuriamoci da morta.»

L'esternazione a freddo della seconda voce mi fece mancare un colpo al cuore e vidi irrigidirsi anche gli altri due.

Di sicuro si trattava di un caso, ma come potevo non correre subito col pensiero a quella sorella che mancava da casa da troppo tempo? Grazia...

«Dove sono?» chiesi d'impeto.

«Non lo so di preciso.» Le mosse di Flavio apparivano frenetiche, ma dalla radio adesso provenivano solo rumori ovattati. «Dalla frequenza, dai megahertz non si può capire. Con l'antenna rotante si può andare sopra ai punti cardinali come su una cartina, ma se le voci da nord-est vengono da Genova o Marsiglia non si sa.»

«Dalla cadenza parevano di qui» incalzò Virgilio, come se l'aver rilevato quell'aspetto avesse potuto essermi di conforto.

«Non gente al telefono o camionisti, dedurrei dai rumori.» L'espressione divertita da esperto in azione, ma concentrata. «A intuito ti direi che c'era un radioamatore come me, magari in un posto perfetto per la chiarezza dei segnali, come il Monte Serra.» Sbuffò un sorriso da furbetto. «A volte ci vado anch'io con il portatile Yaesu. Prendi di tutto, grazie all'altezza, come le antenne della televisione, ma nessuno sa che tu sei lì.»

«Questa cosa della donna insanguinata sul Monte Serra che appare e scompare però è inquietante» sussurrò Virgilio dopo qualche attimo di silenzio. «Dici che lì c'era un radioamatore e l'amico ha visto qualcosa nel bosco? C'è ancora luce.»

«Non...» "Non può essere" avrei voluto dire, mentre scuotevo il capo e cercavo di adagiarmi contro una spalliera che non c'era. Ma cosa? Chi? In fondo parlavano di una certa Grazia chissà dove, che poteva non necessariamente essere mia sorella, né che fosse successo qualcosa di irreparabile, nonostante il sangue, dato che la tizia, ovunque fosse stata, si era rialzata e allontanata con i suoi piedi.

«Pensi si tratti di tua sorella?» Lo sguardo che Virgilio mi rivolse mi sembrò sinceramente preoccupato e Flavio non smetteva di regolare le antenne, nell'evidente speranza di ricevere un segnale che pareva ormai svanito nell'etere.

Scossi il capo, non tanto per dargli una risposta negativa quanto per l'incredulità.

«Io per primo dovrei fare buona guardia, in qualità di radioamatore, ma non so se è il caso di contattare le forze dell'ordine con questa storia del tizio fumato che può aver visto chissà chi e chissà cosa.» Si strinse nelle spalle. «Se poi ha pensato bene di non farlo il mio misterioso collega...» E si voltò più disteso verso di noi. «Tra l'altro, da quello che hanno detto, sembrava che conoscessero la tizia, può darsi fossero lì per un picnic a base di funghetti.»

In effetti, Flavio non aveva tutti i torti, bisognava fare perno sul tizio allucinato, per risollevarsi il morale.

Oppure no?

«I miei le avrebbero chiamate da quel dì', le forze dell'ordine, se non fossi tornato a casa.» Virgilio non mi stava aiutando affatto, facendo così. «Scusa, io non volevo...»

Era difficile spiegare loro la faccenda di Grazia e tanto più in quell'istante che mi aveva messo di fronte a fatti, parole, casualità... – non sapevo neanche io cosa – incomprensibili.

Era stata lei a farmi quasi scappare di casa per andare al concerto di Renato, quel giorno. Già viveva per conto suo e mi aveva raggiunto decisa in vacanza giusto perché noi, con i nonni materni, d'agosto, non potevamo essere altro che sul solito, modesto litorale pisano. Altro che i posti esotici dove andavano le famiglie di Flavio e Virgilio...

Nondimeno quel giorno mi aveva caricato su un cinquantino special che qualcuno le aveva prestato, e mi aveva portato a Viareggio. Una follia, quella che le era venuta in mente. Non avrei nemmeno voluto darle retta. E invece l'avevo seguita come una nullità può fare con qualcosa di più grande che non riesce a trattenere, gestire, domare. Aveva cantato *Porta Portese* a squarciagola per tutta l'Aurelia, guidando; al ritornello dondolava e zigzagava qua e là come se la Vespa stesse ballando con noi, e mi faceva pure un po' di paura, sicché ogni tanto urlavo anch'io un "Grazia!" che somigliava tanto a quelli scandalizzati di mia madre quando eravamo piccoli; poi ogni tanto gridava che mi stava portando da un romano, che però non era Baglioni, ma io non avevo creduto del tutto a quello che avevo intuito, finché non l'avevo vista spendere una fortuna al bagarino.

Al di là di quello stralunato bacio in bocca del sorcino sconosciuto, le luci, i colori, i lustrini, i suoni e le parole mi avevano accecato e assordito e, già mentre stavo vivendo quella fantastica avventura, sapevo che non avrei mai dimenticato quello che Grazia aveva architettato per farmi felice.

Si era presa tutta la colpa lei, con i nostri genitori, e del resto loro non avrebbero potuto pensare il contrario: lei, il maschiaccio, e io la debole femminuccia.

Divagavo con la testa, irrigidito, quasi per cacciare qualche altro pensiero che avrebbe potuto sfrecciarmi da un orecchio all'altro come una misteriosa frequenza radiofonica.

Dov'era, adesso?

«Vado a casa.» Mi accorsi solo dopo essermi alzato con lo sguardo fisso sulla radio, che stavo ancora scuotendo il capo. «Magari l'hanno vista da qualche parte poco fa, loro ne sapranno qualcosa.»

«Magari» ribadì Virgilio, mentre Flavio sospirava al silenzio dei suoi apparecchi.

Non ero del tutto in me, mi rendevo conto solo vagamente del fatto che andarmene in quel modo era surreale, ma forse era surreale anche tutto quello che stava succedendo, che stavo pensando. Non era possibile che quelle casualità potessero essere sommate come dati inerenti un unico fatto.

«Facci sapere, appena puoi» mormorò Flavio di tre quarti, al di là della spalla, «sennò rimaniamo per domani sera.»

A quel punto riuscii a muovere un "sì" col capo.

Poi me ne andai.

Inutile razionalizzare.

Immaginavo già che a Grazia fosse successo qualcosa di brutto.

Ma stavo stappando l'orecchio da cui quell'idea, quella misteriosa frequenza radiofonica se ne sarebbe uscita.

Mi sbattei alle spalle quella porta che doveva rimanere sempre e rigorosamente chiusa, su cui adesso sentivo bussare Amii Stewart, tutta d'ebano; bussava sulla porta e nella mia testa come un tuono, un... *fulmine?* E mi urlava "Baby!" come se stesse urlando

"Tigre! Tigre!". E io tastavo il legno all'inglese, per toccare ferro all'italiana, nella speranza che le cose andassero per il meglio.

Lì non c'erano né tigri né leoni.

Solo un agnello codardo e scaramantico.

03.WE ARE FAMILY

Se c'è una cosa nei polizieschi che m'innervosisce, è la logica.

Tutto è calcolato nei minimi dettagli e gli autori non si concedono sbavature, dagli eventi pregressi alle virgole. Sia nei libri, sia in tv. Narra la leggenda che si debba essere più matematici che creativi, e ogni aspetto, vuoi la struttura, vuoi la caratterizzazione dei personaggi, vuoi la cronologia dei fatti, è costruito con squadra e compasso, per poi essere in seguito limato come un'unghia finta. Talvolta così geometrico da apparire emozionante quanto un cubetto di ghiaccio alla radice del naso durante un attacco di sinusite.

La vita non funziona così.

Nella realtà, anche il delitto più premeditato ha risvolti casuali.

Questo forse è il motivo per cui la soluzione arriva più diretta e in maniera meno macchinosa, o forse l'imprevedibilità è proprio ciò rende le cose difficili ai poliziotti veri. Di sicuro è la ragione che porta i vicini a uscirsene con la retorica del "era tanto una brava persona" o addirittura a pretendere di farsi giustizia da soli fino ad arrivare al linciaggio.

La gente si augura che le forze dell'ordine siano in grado di difenderci e di ricomporre i pezzi del puzzle, di conseguenza i lettori e gli spettatori avvertono il diritto al lieto fine perlomeno all'interno di una storia di finzione; ma la vita non è un gioco da tavolo e, per quanto la scienza e la tecnologia ci aiutino sempre più a raggiungere quella soluzione a cui tutti auspichiamo e che le forze dell'ordine sono nondimeno tenute a scovare, sono gli imprevisti a dominare la scena. E questi imprevisti non è detto che seguano delle regole predeterminate, né tanto meno che siano concatenati. Le cose non vanno come ci fa più comodo, e questo lo capiscono anche i bambini a cui i nonni tentano di far vincere con la frode una partita a carte, quasi dovessero sentirsi più soddisfatti che mortificati.

Conclusione caotica e precisa al tempo stesso a cui giunsi, già sopraffatto e inconsciamente rassegnato a un qualcosa che neanche mi volevo dire, nel corso del tragitto che da casa di Flavio mi riportò al nostro appartamentino; una strada non troppo trafficata, anche perché chi entrava e usciva dai turni in fabbrica già aveva effettuato il cambio; una strada che avrei ben potuto percorrere a piedi in pochi minuti, ma su cui mi spostavo in motorino giusto per sfoggiare quello scalcinato ma sudato Ciao blu.

L'850 celestina del babbo invece era già parcheggiata sotto casa, ormai quasi più bianca che lievemente colorata, date le frequenti soste al sole lungo il marciapiede, e solo allora mi ritrovai a pensare alla maniera in cui avrei dovuto esordire una volta entrato in casa.

Le bici dei vicini riempivano l'antro del portone, e l'umidità delle scale portava alle narici odore di muffa, ma anche della minestra di verdure che sicuramente mamma aveva già preparato per la cena.

Non feci in tempo a salire le scale e a entrare nel corridoio, che il babbo uscì dalla porta del bagno. A quell'ora era tornato da un po' e aveva già fatto la doccia; indossava anche in casa una sorta di tuta da metalmeccanico, quasi non riuscisse ad adattarsi ad altro, ed era solito rientrare un paio di volte in bagno per sciacquarsi le unghie col bicarbonato e la pietra pomice. Inutilmente, dato che il nero sembrava ormai tatuato.

Mi lanciò un veloce saluto, e lo seguii nel cucinotto scombinato in cui erano stati assemblati mobili nuovi e reperti alluvionati dei nonni paterni che non c'erano più. La mamma se ne stava sulla sua solita sdraio reclinabile in corda di gomma intrecciata, a lavorare all'uncinetto, davanti all'*Almanacco del giorno dopo*. Mancava poco al tg della sera e la tavola era già apparecchiata. Da

Virgilio e da Flavio invece guardavano sempre *Paroliamo* su Telemontecarlo, a colori, mentre noi avevamo un valvolare in bianco e nero, ma non sapevo se la trasmissione fosse ancora in onda, in quel periodo dell'anno, e comunque la mamma la trovava troppo difficile.

«Ero da Flavio.»

«Bene, sono brave persone, anche se votano Andreotti» pontificò lui dittatoriale, con un cenno affermativo del mento a me, a se stesso, e all'intera popolazione mondiale, manco fosse stato Stalin. Forse era convinto che dovessi cercarmi alleati di potere. «Coltiva queste amicizie, quando ne hai tempo.»

La sentenza del babbo mi straniò ancora di più, perché facevo fatica a riunire l'immagine presente a quella di Flavio davanti alla radio. Come dirlo? Quando dirlo? La mamma si sarebbe presa un colpo? Il babbo avrebbe detto qualcosa di cattivo? Avrei fatto meglio a insistere con Flavio e a consigliarlo di fare "buona guardia" direttamente con la polizia, al di là dello scoppiato? Era solo un caso?

Mi sentii un perfetto imbecille quando partirono le previsioni del tempo e mi rallegrai all'idea che l'indomani sarebbe stata una bellissima giornata. Dovevo avere pure un sorriso da ebete stampato sulla faccia da sberle. «Con Flavio e Virgilio siamo d'accordo di andare a correre, domani.»

Il mio cervello stava cancellando ogni cosa, stavo facendo finta di niente. Per nervosismo, per autodifesa... non sapevo perché, però lo stavo facendo.

Quella Grazia non era la mia.

«Fate bene. Sempre sui libri...» sbottò di nuovo lui, sermoneggiante. «Così vi fate un po' di fisico, anche se tu ne avrai più bisogno di loro.»

Già. Difficile dimenticare quello che mi aspettava. I miei genitori avevano fatto grossi sacrifici per farmi andare alle superiori, i libri di testo costavano, e io li ripagavo sforzandomi il doppio, anche perché, se non lo avessi fatto, sarei bocciato, dato che, essendo figlio di nessuno e non di professori di altre sezioni come la maggior parte dei miei compagni di classe, i miei voti erano al ribasso, o di manica stretta che dir si volesse, e spesso addirittura mi si accusava ingiustamente di copiare o di scrivere troppo bene, che l'elaborato non era farina del mio sacco, insomma. L'università era una chimera, ed era da sciocchi anche rimuovere il pensiero della naja. Virgilio e Flavio, proseguendo negli studi, avrebbero potuto rimandarla, ma per me oppormi sarebbe stato un suicidio, e presto sarebbe arrivata la mannaia sul capo. Una cosa surreale a cui ancora mi rifiutavo di pensare.

Ancora più surreale fu sedermi a tavola per la minestra. Il babbo che risucchiava il cucchiaio con un occhio al tg, la scarpetta con la midolla persino nel brodo della minestra, la mamma che si barcamenava fra un piatto e una posata.

Così io mi perdevo tra un pezzo di carota e uno di sedano, mentre alla tv qualcuno si era ammazzato per qualcosa e qualcun altro per qualcos'altro. Fiumi di sangue e pallottole. Giudici e politici cadevano come birilli, e i soliti noti rimanevano in piedi.

Era tutta insanguinata.

La normalità degli anni di piombo.

Poi non l'ho vista più.

«La tuta da ginnastica te l'ho lavata ieri, sicché la trovi bella riposta nel cassetto di mezzo.»

Come si faceva a dire una cosa del genere alla mamma? Lei era così dolce, pacata... antiquata. Dimostrava parecchi anni di più di quelli che aveva, sia nel corpo sia nella mente. Non era come la sorella della nonna che a sessant'anni passati aveva il poster dei Jackson 5 sul muro dietro la macchina da cucire.

Te ti sei fumato il cervello.

E poi poteva trattarsi solo di un caso. Di Grazie nel mondo ce n'erano tante e non era detto che dovesse essere proprio mia sorella, quella lì.

Ti dico che è vero.

Né tanto meno che quel cretino visionario si fosse davvero trovato davanti una ragazza insanguinata sdraiata per terra che era scomparsa una volta che aveva girato il capo.

M'è bastato di girarmi e fare qualche passo per vedere se c'era qualcuno e lei lì sdraiata non c'era più.

Tre parole da una radio, provenienti da chissà chi e chissà dove. Stavo per fare casino per nulla.

Te lo sei sognato.

E quello era solo un drogato che magari stava chiacchierando con un altro fattone.

Fulmine.

«Quasi quasi vado a letto presto.»

Lo dissi così, di botto, nel momento stesso in cui decisi di non aggiungere altro.

Nessuno si preoccupava per la Grazia da viva, figuriamoci da morta.

Non era vero. La mamma si sarebbe preoccupata tantissimo, troppo, e il babbo sarebbe sceso in strada, pronto a prenderla a ceffoni anche se fosse stata un cadavere.

Mi chiusi in camera e rimasi in mutande e canottiera – faceva calduccio – sdraiato in posizione fetale sul lettino, immaginando la posa del presunto cadavere che si era rialzato e aveva camminato. Accanto a me, il letto gemello su cui un tempo dormiva Grazia, solo l'abat-jour a illuminare l'ambientino composto da un armadio per due e una scrivania con troppi libri e poco buonsenso, dati i soggetti.

Sul letto di Grazia, non usato da secoli – neanche ricordavo l'ultima volta che l'avevo vista di sfuggita in centro – campeggiava ancora il copriletto beige di ciniglia, mentre sul mio avevo sfatto il lenzuolo dei Muppet, per cui Virgilio, dopo averlo notato, mi aveva preso in giro per giorni. Troppo grandi per certe robe. Ma a me metteva allegria e lo usavo lo stesso, da quando la vecchia zia dei Jackson 5 me lo aveva regalato.

Poco più in là, solo un altro mobiletto con uno stereo a ripiani e il piatto per il vinile in vetta. Tanti 33 giri, nello spazio sottostante, ma anche un contenitore per i 45, appoggiato accanto, quasi tutti vinti alla radio libera locale facendo i giochini per telefono. Lanciavano degli indovinelli nel corso delle trasmissioni, io e Grazia imbroccavamo la soluzione dal bar, e andavamo a ritirare il premio al negozio di dischi in centro.

Osservando le costole stipate l'una contro l'altra, ricordai di non aver comprato e di aver vinto di sicuro *Fly, Robin, Fly* delle Silver Convention, ma anche la scontatissima *I Will Survive* di Gloria Gaynor, la piumata *Lady Marmelade* delle Labelles, *Get Down on It* dei Kool & the Gang – be', impossibile non muovere nemmeno una parte del corpo, lo ammettevo – *Kung Fu Fighting* di Carl Douglas, *Daddy Cool* dei Boney M. e *We are family* delle Sister Sledge. *Eh sì, proprio una bella famigliola, sister.* Così pensai alle pelli scure, alla voce di Sylvester, ai balletti dei Village People, e mi persi tra i pensieri filosofici di Virgilio.

In effetti, non avevo mai avuto occasione di comprare troppi dischi del genere più in voga, anche perché, come il mio amico mi aveva fatto notare, non avevo ancora capito bene tutto quello che ci stava dietro, al di là delle plateali trasgressioni di Renato Zero in sé, e preferivo continuare a crogiolarmi nel rock da lui considerato sorpassato, forse per sentirmi un po' più intellettuale e un po' meno operaio, ma tant'era...

Mi ridestò il trillo del telefono nel corridoio e il fatto che la mamma mi stesse urlando che era Virgilio mi parve un segno del destino.

Ma un segno di che?

Giusto, avevo promesso che avrei fatto sapere loro qualcosa, e invece non avevo avuto il coraggio di dirmelo nemmeno da solo.

«Dalla voce della tua mamma mi pareva tutto a posto» appurò non appena avvicinai la cornetta all'orecchio.

«Sì, tutto a posto» risposi per automatismo, in maniera involontaria, come se stessi stendendo per riflesso la gamba, dopo che il dottore mi aveva stimolato col martelletto sul ginocchio. «Ho incrociato Grazia per strada mentre tornavo a casa.»

Il mio cervello stava continuando a cancellare ogni cosa, a reagire d'impatto così, stavo facendo finta di niente persino di fronte ai richiami esterni. E forse ormai non solo per nervosismo e autodifesa... Sarà stata la vergogna? La vergogna di dover raccontare tutto anche a me stesso, di dover stendere i panni sporchi di famiglia senza prima essermi reso conto di quello che era realmente successo?

Non capivo.

Quei dettagli arrivati via radio erano più grandi di me.

Chissà, magari tutto quello che ho fatto in seguito, addirittura in tv, è stato per senso di colpa, per lavarmi la coscienza, per non aver avuto il coraggio di guardarmi allo specchio sin dall'inizio, sin da quando avrei comunque potuto intuire l'accaduto e parlarne con qualcuno. Anche se ormai era già troppo tardi. Per trovare quel coraggio che invece in qualche modo dentro avevo. O forse è stata solo la logica conseguenza degli eventi.

«Ah, menomale.» Virgilio si era preoccupato per me. Se a volte lo vedevo cattivello, era per la storia della volpe e dell'uva acerba, me ne rendevo conto. «Perché poi con quella faccenda del Monte Serra mi è venuto in mente che lassù da qualche parte c'è un rustico occupato da un gruppo di tipi strani e lei...»

«Da qualche parte dove?»

Lo sentii zittirsi per un istante, anche perché in realtà lo avevo zittito io, oltretutto senza motivo, dato che, a quanto avevo appena affermato, Grazia stava bene e non avrebbe dovuto importarmi una sega di quella maledetta storia del Monte Serra, né dei tipi strani. Certo che se erano strani per lui... «Ormai sono curioso.»

Cazzo di bugia! Ero proprio nel panico, a quel punto. Altro che martellata sul ginocchio...

«Ma...» mormorò poco convinto. «Mi pare ci si arrivi da una di quelle viuzze sterrate dopo il curvone che...»

«Ho capito, vabbe'. Che ci frega?» Se avessi continuato a trastullare il filo del telefono in quella maniera, lo avrei strappato. «Ci si vede domani.»

«Così con una corsetta si diventa tutti dei Macho Men.»

«Si diventa?» Posai la cornetta, un po' risentito, ma anche convinto che lui non avesse recepito la frecciata, e con nonchalance dissi alla mamma che mi stava osservando con nonchalance meno ostentata da dietro lo stipite: «Se domani mi sentite partire presto, non vi preoccupate, perché abbiamo cambiato programma e andiamo a correre di mattina.»

Non facevo finta di nulla. Avevo messo in atto un meccanismo che ancora non avevo capito bene nemmeno io stesso; una preparazione inconscia a muovermi liberamente nel caso avessi deciso di agire in modo diverso, ma non sapevo come. Di sicuro, partire col motorino di mattina senza una scusa sarebbe stato ostico, dato che la mamma ne riconosceva il rumore a un chilometro di distanza.

Davvero volevo andare a farmi un giro in quel rustico sul monte?

Da solo? Di mattinata?

Mi distesi sul letto e provai a far finta di niente. Per rilassarmi. Di nuovo.

Ma non ci riuscii.

Anche perché ravvisavo da lontano la costola doppia del vinile della colonna sonora di *Saturday Night Fever*, che avevamo vinto al bar.

Grazia aveva due anni meno di me, ma ne sapeva molto più di me. Su tutto.

Grazia era bellissima e intelligentissima, con gli occhi azzurri e i capelli biondi, come me, ma con le forme perfette e il cervello potenzialmente da genio: la ragazza che io avrei voluto essere se fossi nato femmina. Così 'avanti' che, quando parlavo di me, non riuscivo a finire una frase senza che lei mi anticipasse, e pareva non sconvolgersi troppo se intuiva che i ragazzi mi piacevano un po'. Anzi, più di un po', e ammiccava più affettuosa che maliziosa per sapere sviluppi di vicende solo fantasticate.

Lei no, lei correva la cavallina. Avanti pure in quello. Mentre tutte le sue compagne ancora si innamoravano dei cartoni animati giapponesi, lei già sapeva il Manifesto di Marx a memoria, andava nei centri a parlare di aborto, e si sentiva più donna delle donne grandi. A un certo punto mi è venuto il dubbio che avesse abortito di nascosto prima dell'approvazione della legge.

Avrebbe potuto diplomarsi con più facilità di me, laurearsi meglio di Virgilio e Flavio, ma dopo le medie si era data alla macchia e a nulla erano valse le botte di babbo quando si faceva rivedere a casa. Quando in un centro, quando in un altro, riuscivo a ribeccarla grazie a telefonate fortuite che mi faceva di tanto in tanto per ritrovarci di persona al piccolo bar del quartiere, dove poi ci dilettavamo nei giochini.

E dove ci conoscevano più o meno tutti.

"Cosa fa il gallo quando si sveglia alla mattina?" aveva chiesto una volta il disc jockey dagli altoparlanti.

Lei si era fatta cambiare il gettone al bancone, aveva afferrato la cornetta dell'apparecchio attaccato al muro e, sotto gli occhi stupefatti dei clienti-conoscenti, aveva sentenziato a gran voce, come se stesse semplicemente ripetendo le tabelline: "Ringrazia Dio di aver creato le galline senza mutande."

Non aveva senso.

Eppure l'indovinello era vero, non la premiarono solo per simpatia e spregiudicatezza.

Sta di fatto che ci regalarono la colonna sonora di *Saturday Night Fever*.

Quando la mamma o il babbo nel corridoio urlavano: "Pronto! Pronto!", e nessuno di là evidentemente era pronto, capivo che era lei che non diceva nulla giacché non avevo risposto io, e allora nei giorni successivi facevo le rincorse pur di arrivare per primo al mobiletto del telefono, ma lei a volte stava settimane senza farsi più sentire, forse perché non trovava il modo di chiamare o forse perché cercava di difendermi il più possibile dal mondo in cui era finita, ripensandoci col senno di poi.

Mi dispiaceva, poiché era l'unica con cui riuscivo ad aprirmi e a essere me stesso fino in fondo, e mi mancava. Tanto. Tantissimo. Solo che dopo un po' ci avevo fatto l'abitudine, davo tutto per scontato e, quando non si faceva sentire né vedere per tanto tempo, non ci facevo troppo caso.

I miei ci avevano provato e riprovato, perché in fondo era ancora minorenne, ma la polizia e i carabinieri combinavano poco quando veniva fuori che magari era con qualche tizio di malaffare di sua spontanea volontà, per un allontanamento intenzionale che si sarebbe risolto con qualche ceffone.

Oggi forse le cose andrebbero in maniera diversa, oppure allo stesso modo; in ogni caso, secondo me, fu quel suo essere superiore agli altri che la portò dove finì, proprio perché non riusciva a identificarsi con l'ambiente in cui era cresciuta, ad adattarsi, a socializzare con chi avrebbe dovuto essere uguale a lei e non lo era, e a cercare la diversità altrove, senza contare che la frustrazione e la disillusione avrebbero potuto farla imbattere in diversità sbagliate.

So come mai a me non è successo lo stesso.

Un caso.

Perché la vita va così.

04.LE FREAK

Il bello dei monti pisani è che si innalzano non troppo alti ma in un ampio abbraccio in mezzo a una conca, per cui, quando le abitazioni e gli ulivi cominciano a diradarsi, e si comincia a salire tra curve di verde e marrone, in mezzo alla vegetazione più fitta, pini e castagni, ci si ritrova in un baleno la pianura di paesi alle spalle.

Procedere col mio Ciaino su quella strada ripida e tortuosa non era tanto più agevole del tirarselo dietro a piedi, inoltre avevo avuto la bella idea di infilarmi quei jeans che ti facevano venire la voce a 'cugino di campagna', impossibili da indossare o sfilare senza sdraiarsi sul letto e svuotare del tutto la pancia. Una masochista strizzata di palle, insomma, visto che oltretutto non stavo andando a un appuntamento galante. Tuttavia, sentirmi se non proprio a mio agio ma okay in generale – e quei jeans mi facevano sentire okay – mi dava l'impressione di essere pure più coraggioso. Fatta eccezione per le zampe di elefante, che temevo mi facessero rimanere impigliato da qualche parte.

Il motorino durava fatica quanto me, però, a quanto avevo intuito dalle parole di Virgilio, non sarebbe stato necessario salire fino in cima al monte. Per noi era tutto Serra, da Buti ad Asciano, ma più o meno avevo capito qual era il curvone a cui si riferiva e quali erano gli imbocchi da ispezionare. Non dovevo essere lontano. Di costruzioni se ne intravedevano pochissime, perlopiù mollate lì per i pranzi domenicali o le prove con le band. Una volta eravamo andati a sentirci degli amici di Flavio.

Vagai un po' a vuoto tra una rientranza e l'altra – qualche sfumacchio di sterpaglie qua e là – senza sapere bene cosa avrei dovuto o potuto fare, visti i dati che *non* avevo in mano, finché mi ritrovai, se non proprio in una selva oscura, in una sorta di intrico di rami su cui si apriva uno spiazzo più ripulito.

Si faceva per dire.

Un rustico più o meno a pezzi se ne stava appollaiato in mezzo alla radura, figlio di tutti i film dell'orrore. L'edera ricopriva quasi tutta la parte superiore, mentre le aperture al pian terreno si spalancavano prive di infissi come bocche affamate. La costruzione somigliava a quella di *La casa dalle finestre che ridono*. Forse non era stato un caso se l'inconscio mi aveva spinto a non intraprendere quell'impresa di notte e a inventarmi la scusa della corsetta mattutina invece che serale.

Gli uccellini cinguettavano allegri all'estate soleggiata, quasi fossero una colonna sonora straniante e provocatoria in mezzo a quella minaccia incombente, ma le foglie si muovevano soltanto per la lieve brezza e pareva che non ci fossero esseri umani in circolazione all'infuori di me. E, se gli uccellini si chetavano un istante, il silenzio sembrava sprofondare timoroso o codardo sottoterra.

Solo dopo qualche momento mi accorsi che, su quello che appariva come il portone d'ingresso, campeggiava una scritta composta con tronchi d'albero: "Le Freak", come la canzone degli Chic, e tutto quello mi riportò subito alla mente gli strani tipi della comunità di cui mi aveva parlato Virgilio.

M'immaginai quel posto di notte, con le luci stroboscopiche e psichedeliche impigliate tra i rami, fra cui sbucavano persino sfere a specchi, e cercai di vederlo come una discoteca, piuttosto che come il set di un film dell'orrore.

I tipi ballavano, come posseduti da demoni o droghe, o ambedue. Giovani e vecchi, uomini e donne, bianchi e neri, divertiti e allucinati. Mi si imprimevano nella retina e nelle orecchie come inviti alla danza, alla trasgressione, mi facevano girare la testa quasi mi fossi fatto di qualcosa anch'io; mi chiamavano, mi indicavano la strada, come nella canzone, e ne rimanevo stupito.

Mi rendevo conto del fatto che si trattava di una fantasia, era solo una suggestione, e la pressione delle ultime ore mi stava di sicuro mettendo alla prova, ma d'un tratto mi sentii meno temerario e decisi di tornare indietro.

Avrei fatto meglio a raccontare tutto alla polizia. Ma cosa? Della trasmissione radio? Mi avrebbero riso in faccia. Oppure ai miei, che mi avrebbero detto davvero di aver incrociato Grazia da qualche parte poco prima, e lei aveva fatto finta di non vederli.

Scossi il capo e feci per tornare indietro, quando mi accorsi che, in mezzo a un cespuglio, poco prima dell'imbocco per la radura, c'era un ragazzo accovacciato. Forse stava facendo i bisogni, dato che si era appena tirato su i pantaloni, o forse si era addirittura addormentato lì. Dai vestiti sporchi e stracciati, e i capelli lunghi e scompigliati, non certo ben tenuti come quelli di Virgilio che si stragiava ad arte, sembrava proprio uno di quei tipi strani tanto vagheggiati, ma l'occhio vacuo e la faccia da tonto poco promettevano in merito a quanto avrei potuto domandargli per raccogliere prove.

«C'era il gigante» mi disse d'un colpo, quasi glielo avessi chiesto, «tra le fiamme.»

Ecco. Se solo mi fossi azzardato a domandargli qualcosa, questo mi avrebbe parlato di Gulliver all'incendio di Troia, e probabilmente alla fine mi avrebbe pure chiesto degli spiccioli.

«Ma c'è nessuno lì dentro?» tentai, lanciando un cenno col capo alle mie spalle.

«Ora dormono» rispose, il mento che si alzava e riabbassava lento, cerimonioso, l'aria di un segretario a cui era stato ordinato di comunicare che il capo era occupato e non avrebbe potuto ricevere nessuno. «Eh.»

Che stupido che ero stato. Ovvio che alla luce consolatoria del mattino quel posto incutesse meno timore che tra le ombre della notte, ma d'altro canto chi di notte si dava da fare di mattina era in coma profondo.

«Fulmine!»

Un richiamo.

Mi voltai di scatto, e scorsi un ragazzo nel vano del portone dalla bocca spalancata. Era vestito meglio, con pantaloni di tela intatti e una maglia un po' sbrindellata ma relativamente pulita, i capelli cenere allungati ma ben pettinati, i basettoni; però mi colpirono più che altro il fisico perfetto e il volto da fotomodello. Pareva uscito dal *Postal Market*. Dinoccolato e spigoloso, lo sguardo duro, se ne stava rivolto verso l'allucinato nel cespuglio, le mani in tasca e la fronte corrugata.

A me non stava dicendo un accidente, ma il sentirli insieme mi riportò alla mente le voci nella radio.

Il tizio nel cespuglio era quello che aveva visto la ragazza insanguinata, e l'altro il radioamatore.

Cosa avrei dovuto fare? Chiedere se avevano rivisto Grazia? Se si era rimessa in piedi? Se era la stessa Grazia che conoscevo io? Manco mi ero portato dietro una foto, per la foga. Che imbecille!

E che codardo... visto che, una volta entrato nel panico per le troppe cose che mi stavano frullando in testa contemporaneamente, rimisi in moto e feci per andarmene. Adesso mi era più chiaro anche a cosa fosse riferito quel "fulmine" e soprattutto il motivo per cui il tizio con la voce strascicata fosse così soprannominato: era proprio fulminato.

«Cercavi qualcuno?»

Quella voce per me era ormai inconfondibile, anche se non ne vedevo il possessore.

Sì.

Poggiai un piede a terra e mi girai, lento, verso il tizio sull'entrata, il motore che scoppiettava immerso nel nulla.

Cercavo Grazia.

«No.»

Ma Grazia chi?

Lui mi rivolse un cenno affermativo col mento, che io interpretai come una sorta di dittatorio: "D'accordo, allora adesso puoi andare."

E difatti me ne andai. A tutto gas. Da un lato col senso di colpa per non aver combinato un bel niente, dall'altro con la coscienza che l'aver combinato qualcosa mi avrebbe probabilmente ficcato nei guai, dati i soggetti e la situazione.

Se davvero ritenevo che ci fosse di mezzo mia sorella e che fosse successo qualcosa di brutto, avrei dovuto dire tutto ai miei e andare dalla polizia; per quanto già in precedenza le forze dell'ordine non si fossero dimostrate di aiuto, dopo un fatto del genere – se era successo sul serio un fatto del genere – magari si sarebbero date una mossa, sebbene si trattasse di una poco di buono scomparsa volontariamente; se invece credevo che fosse stato tutto un caso, avrei fatto meglio a tornarmene a casa, ascoltarmi qualche disco e aspettare gli amici che sarebbero arrivati in serata per la famigerata corsetta.

E stavo quasi per arrendermi alla seconda opzione, pusillanime che non ero altro, quando il motore iniziò a crepitare, il Ciao a singhiozzarmi sotto il culo, e a poco a poco sentii che rallentava indipendentemente dalla mia volontà e dalla mia spinta a procedere.

Merda! Ci mancava solo quella. Sperduto sul monte, col motorino rotto, e la prima casa col telefono chissà dopo quanti chilometri e quante salite.

La miscela...

Non c'era niente di rotto, per fortuna. Per sfortuna, però, così come intorno non c'erano telefoni, latitavano pure i distributori di benzina. Non me la sentivo proprio di andare a chiedere al radioamatore spigoloso di accendermi il baracchino per chiamare il carro attrezzi da Berlino, tipo.

Appoggiai il Ciao lungo il ciglio della strada, e sedetti su un pietrisco nella speranza che passasse qualcuno, ma già mi vedevo nascondere il motorino tra le frasche per andare a cercare una cabina telefonica o un distributore che mi desse un po' di miscela in una bottiglia. A piedi. Da lassù.

Tentavo in ogni modo di cancellare dalla testa tutto quanto mi stava succedendo. Di nuovo. Di Grazie nel mondo ce n'erano tante, quella si era addirittura alzata da sola e magari era una scoppiata che si era insudiciata col mestruo come una baccante esaltata. Io avevo in mano solo delle fantasticherie allucinante, quanto quelle dalla casa con le finestre che ridevano.

E in quel tumulto mi dicevo che a "Le Freak" non avevano né telefoni né miscela, quantunque di sicuro, con tutte le droghe che si procuravano, i soldi non dovessero mancare. Di certo ci stavano dei figli di papà che si fingevano spiantati per le teorie filosofiche di Virgilio portate all'estremo. Forse ero davvero un borghesuccio snob dentro, se mi scandalizzavo per un qualcosa che in definitiva aveva allontanato da casa un membro della mia stessa famiglia, e del resto pure io talvolta mi sbronzavo in discoteca con Virgilio e Flavio; ma c'era il caso che in quel momento Grazia fosse a fare un comizio in un campo di papaveri, oppure a riposare in Giamaica su un'amaca, e che il radioamatore fosse sul serio un figlio di papà che lavorava per i cataloghi di moda.

Il rumore di una macchina in lontananza mi fece drizzare le orecchie e mi sollevai d'istinto per scorgere cosa si stesse avvicinando al di là del tornante.

Una smagliante Giulia GT, che non aveva niente a che vedere con la sorella berlina, di un bel rosso acceso, sbucò rombante dalla curva a gomito, e io mi sentii riavere. Di sicuro lì sopra non c'era qualche spiantato che se ne stava andando a recuperare fulmini, funghetti e quant'altro.

L'auto rallentò e accostò appressandosi a me, mentre, un po' a disagio, mi accingevo a spiegare cosa mi fosse successo.

No, non era uno spiantato che se ne stava andando a recuperare fulmini, funghetti e quant'altro, bensì il ragazzo più sexy che avessi mai visto in vita mia. Altro che *Postal Market*... Era vestito di tutto punto, seppur casual, e l'accenno di ricci lucidi e neri andava di pari passo con gli occhi di velluto. Due sopracciglia lunghe e dritte che ne addolcivano lo sguardo penetrante, labbra cesellate per un sorriso seducente. L'ampio panorama sullo sfondo si stendeva placido e sereno, caldo, e ombreggiato dai monti. Non si udiva che il ronzio degli insetti, uccellini stranianti a parte.

«Bisogno di qualcosa?»

Sai di quante cose...

«La miscela» risposi così, già contento per essere riuscito a tirar fuori quattro sillabe.

«Oggi è il tuo giorno fortunato, allora.»

Lo vidi scendere dalla macchina e tirare indietro il sedile per recuperare una bottiglia. A parte il culo da urlo, notai che si muoveva in una maniera che ai miei occhi risultava oscena. Non 'platealmente trasgressivo' come Renato Zero, quello no, e forse ero solo io a percepire quei moti astrali che andavano oltre persino ai Pink Floyd; però persi ogni capacità di intendere e di volere, acciuffai con fatica i suoi mormorii sul fatto che teneva in auto della miscela di riserva perché a casa pure lui aveva dei ciclomotori, e mi arresi all'idea che mi avrebbe visto rosso come un peperone, una volta che si fosse voltato di nuovo verso di me.

Si voltò solo di sfuggita.

E un po' me ne rammaricai. Tuttavia lo osservai intento e intenso mentre risolveva il mio prosaico problema, e lo udivo solo vagamente parlare di cose che succedono e casualità insperate.

Casualità.

«Devo darti qualcosa?» Imbarazzato da lui e dalla situazione in generale, mi tolsi il portafogli di tasca e presi a rovistare tra le poche centinaia di lire che mi ero portato dietro, col pensiero di dover comprare pure le sigarette, ma ora avrei dovuto darle a lui e...

«Tranquillo, non voglio soldi in cambio.»

Deglutii, il pollice e l'indice stretti intorno alla banconota verdolina, quasi da quella fosse dipesa la mia sopravvivenza, attaccandomi chissà perché all'idea che lui aveva appena detto "non voglio *soldi* in cambio", non "non voglio *niente* in cambio", ma magari voleva dire tutt'altra cosa rispetto a quella che io fantasticavo, tipo indicargli una qualsivoglia strada che conoscevo meno di lui.

Così alzai pian piano gli occhi, anche perché sapevo che l'apparizione stava per svanire, e volevo godermela ancora un po', prima di ritrovarmela ogni notte sotto le lenzuola da lì alla fine dei miei giorni. Spalle larghe e fianchi stretti. La perfezione.

«Sicuro?» E presi di nuovo a frugare frenetico. «Io posso...»

«Sei diventato tutto rosso.»

Per puro paradosso, mi sentii sbiancare.

«Prego?» Manco la mamma di Virgilio o la Thatcher sarebbero arrivate a cotanto stile. Ne andai fiero.

«Sei diventato tutto rosso.»

Sì. Quello lo avevamo capito. Ciò che mi sfuggiva era l'andazzo della scena, dato che lui stava sorridendo. Si trattava di uno stronzo che mi avrebbe smontato tutto nella testa e nei pantaloni, una volta che si fosse messo a prendermi in giro, o di qualcuno a cui faceva piacere che io fossi diventato tutto rosso? Che lo divertiva in senso buono, insomma, compiaciuto o lusingato che fosse. Sul momento non era semplice raccapezzarsi. Io avrei potuto essere tutto rosso anche perché mi aveva imbarazzato l'idea di chiedere la miscela a uno sconosciuto di passaggio che non voleva essere ripagato.

Forse.

Perché nel frattempo lui si era paurosamente avvicinato e adesso si trovava a pochi centimetri dalla mia faccia, con quel mezzo sorriso da baciare.

«Vorrei sdebitarmi in qualche modo.» Stavo ancora parlando della miscela, sì. «Se tu non mi avessi aiutato, non avrei trovato in giro né telefoni né benzinai.» Lui si avvicinò ancora un poco e io ebbi come l'impressione che di tanto in tanto mi guardasse le labbra. «A Le Freak di sicuro non hanno certe cose.» Lui scosse il capo e io mi mandai gli accidenti fra me e me per essermi ritrovato a dire tante stupidaggini. «E qui intorno non so chi altro ci sia.»

«Un comunista vecchio stampo, grosso, brutto e cattivo in cima al monte» sussurrò, con aria falsamente cospiratoria. «Che vive senz'acqua corrente, senza luce, senza tv, senza telefono e cuoce i bambini sullo spiedo.»

Ah, quindi era del posto. E, ora che ci ripensavo, aveva scosso il capo quando avevo detto che di sicuro certe cose a "Le Freak" non c'erano. La conosceva. Delle radio lo sapeva? Be', da laggiù non potevano comunque chiamare casa mia, dove erano comunisti, anche se non di vecchio stampo né mangiatori di bambini. E perché divagavo col pensiero? Perché lui aveva parlato lentamente, con voce profonda, sbattendo piano le ciglia di velluto come gli occhi, e si era avvicinato ancora. Mi sembrava ormai di avvertire il calore della sua vicinanza attraverso il cavallo dei jeans.

Quando mi sfiorò le labbra con le sue, mi sentii talmente elettrizzato che scattai con i fianchi in avanti e poi subito all'indietro, ma lui mi afferrò con decisione dietro la nuca e si riprese la mia bocca.

Evidentemente aveva percepito che il mio balzo non era stato un tentativo di allontanamento.

E, mentre affondava morbido, divagavo ancora, sempre per istinto di difesa da chissà cosa e chissà chi, col pensiero a qualche macchina che avrebbe potuto passare senza che io ne udissi il motore o a un Fulmine gigantesco che scendeva di corsa dalla radura per darci fuoco; ma se non altro riuscivo a pensare che era meglio, oh sì, molto meglio del sorcino al concerto di Renato; che se quello era quanto lui chiedeva in cambio di un po' di miscela, gli avrei portato un autocarro col serbatoio vuoto; che se una lingua poteva muoversi e incastrarsi nell'altra bocca in maniera così perfetta da poterci ricreare un puzzle, avrei voluto essere la scatola di cartone; che se... che se non smetteva di farmi circolare olio bollente sottopelle in quel modo, mi sarei spogliato e lo avrei spogliato lì, in mezzo alla strada, per fortuna ancora deserta.

Mi staccai un istante giusto per riprendere fiato e guardarmelo ben bene in faccia. Sorrideva ancora, e il fatidico istinto di difesa mi portò infine a esternare quanto avrei dovuto esternare in precedenza, senza esserci riuscito: «Conosci anche una certa Grazia?» E avrei voluto aggiungere, scemo, non contento, "una che abita qui in giro" o "a Le Freak", ma mi limitai balbettante a un: «Bionda e carina.»

«Conosco tante ragazze e ragazzi biondi e carini.» Mi baciò ancora a fior di labbra, una volta, due volte, tre. «Castani, mori, neri, gialli...» E la lingua che scivolava all'interno del mio labbro inferiore facendomi di nuovo schizzare all'indietro, la mano che correva ad allentare i jeans per non ridurmi a rispondergli come un cugino di campagna. «Non mi sembrava che tu fossi interessato alle ragazze bionde e carine.»

«No, ma io la stavo cercando perché...» Ero nel caos più totale. Quello continuava a parlare lento, profondo, col sorriso ammezzato, sbattendo le ciglia, e io persistevo nel mio sfoggio di idiozia e banalità.

Poi mi acciuffò di nuovo, e quella volta mi costrinsi a non pensare ad altro se non alle sensazioni che mi inviava, come una trasmissione radio che mi sfrigolava sulle antenne, come una musica che mi invitava a una danza sfrenata nel bosco.

E tra le frasche sul ciglio della strada stavamo per finire, quando il rumore di un'auto in avvicinamento mi riportò alla realtà.

No. Non si poteva fare. Era fuori di testa. Se ci avessero visto?

A quel punto si scostò anche lui, senza però smettere di sorridere, fissandomi negli occhi. L'auto ci passò accanto e io non mi voltai nemmeno per vedere se ci stessero guardando. Di sicuro avevano compreso che, con un motorino e un'auto fermi, per quanto ci fosse stato bisogno d'aiuto, era già stato tutto risolto, poiché passarono oltre senza un qualsivoglia cenno.

Mi accorsi con orrore che anche lui si stava allontanando, seppur con piccoli passi all'indietro, e si stava dirigendo verso la GT. Chi era? Dove stava di preciso? Come avrei potuto ritrovarlo? Mi sembrava poco più grande di me, tuttavia, se non avevo mai visto Fulmine e il radioamatore, anche se in città più o meno di vista ci conoscevamo quasi tutti, era perché stavano in tutt'altri giri rispetto ai mei. Lui, invece? Lui era in un giro di figli di papà che frequentavano posti per me lontani e inaccessibili?

«Io mi chiamo Sergio.»

Come uno scemo. Come un dodicenne. Così. Perché non mi venne altro.

Aprì lo sportello e mi sorrise in maniera più aperta, lanciandomi un cenno di saluto con l'indice e il medio. «Io sono Le Freak.»

Secondo colpo al cuore nell'arco di poche ore.

L'auto ripartì rombante lungo la salita e sentii il suo bacio scivolarmi in gola, giù per l'esofago, rimbombare come il motore nello stomaco, sfrigolarmi come la radio nelle viscere e lasciarmi costipato e impalato sul ciglio della strada. Finché intorno non ci furono di nuovo l'immobilità e gli uccellini che cinguettavano allegri all'estate soleggiata, quasi fossero una colonna sonora straniante e provocatoria in mezzo a quella minaccia incombente.

D'un tratto lo sguardo di velluto divenne morboso alla mia memoria, le sopracciglia lunghe e dritte che prima lo addolcivano ora erano nubi che lo oscuravano, l'eccitazione si fece malessere indistinto, e il puzzle si ricompose malefico.

Ecco da dove venivano i soldi.

05.BORN TO BE ALIVE

«Secondo te ho la faccia di uno che si può acchiappare in mezzo a un concerto o a una strada e ficcargli la lingua in bocca come se nulla fosse?»

Non avevo specificato il genere, anche se Virgilio se lo immaginava, e parlarci al telefono mi faceva sentire più protetto che a faccia a faccia. Le chiappe per terra, la schiena sorretta dal mobiletto dell'ingresso, la voce soffocata per non farmi sentire da quelli di là, i piedi che dondolavano sui talloni in attesa del suo verdetto.

«Ogni tanto sì.»

Quelli erano i momenti in cui gli volevo bene e sentivo che me ne voleva altrettanto: mi rispondeva lo stesso e mi faceva contento.

«Perché?»

«Perché a volte non si capisce se...» mugolò, come a trovare una risposta che gli sfuggiva. «Se guardi con la faccia da ebete per natura o da arrizzacazzi di proposito.»

Be', un pezzetto offensivo doveva sempre pur esserci, ma la risposta mi piaceva, e mi piaceva anche il fatto che per amicizia si fosse sforzato di far finta di essere una femmina che mi guardava con altri occhi.

«Forse sono ebete per natura, se non me ne rendo conto io per primo.»

Però aveva detto "arrizzacazzi", dunque non aveva fatto finta di essere una femmina, si era proprio immedesimato per cercare di aiutarmi. Dovevamo farlo più spesso. Peccato non ci riuscissimo mai in maniera spontanea.

«Mi sa che questo mal di pancia per cui non vuoi venire a correre stasera ha un'origine ben precisa.» No, un po' di male alla pancia dopo quello che avevo scoperto sul mio soccorritore mi era venuto davvero, e pure ai testicoli, tuttavia mi ero sbilanciato anche troppo per quel giorno sui miei risvolti intimi, di conseguenza sarebbe stato meglio sviare come al solito. «Quando ti va di raccontarmi qualcosa...»

Ecco, appunto, e ora non mi andava.

Solo che, quando riattaccai e me ne tornai in camera, rimasi seduto contro la spalliera del letto per almeno una quarantina di minuti, i piedi che gualcivano il lenzuolo sfatto, dimenandosi come poco prima sul pavimento. Gli occhi fissavano le costole dei soliti dischi e la testa cercava inutilmente di continuare a svuotarsi. Le palle erano già state sgombrate al cesso, al ricordo del bacio lungo il ciglio della strada e con la fantasia di quello che sarebbe potuto succedere tra le frasche, ma il cervello inseguiva tutti i dati accumulati dal pomeriggio addietro a casa di Flavio, e il malefico puzzle si ricomponeva e scomponeva a suo piacimento più e più volte di seguito.

Grazia si era lasciata traviare dalla comunità che viveva a "Le Freak", si era presa una delle sue infatuazioni sfrenate e travolgenti per il radioamatore ombroso e spigoloso del *Postal Market* che, sotto l'effetto degli stupefacenti o dell'alcol, o di tutti e due insieme, l'aveva picchiata a sangue perché era geloso, lei era gelosa o quant'altro, forse lei aspettava addirittura un bambino, lei voleva abortire e lui era cattolicissimo e...

Ma ti pare?

L'aveva ammazzata, e di fronte alla testimonianza di Fulmine che, lucidissimo e chiarissimo...

No.

Lei comunque si era rialzata ed era andata in un campo di papaveri. O in Giamaica, su un'amaca.

Sbuffai con gli occhi spalancati sulle costole dei vinili e cercai di ripartire da capo razionalizzando un pochino di più. O, perlomeno, in riferimento al contesto.

Allora, c'era una tizia con le mestruazioni che si chiamava Grazia e che si era fatta nel bosco perché bazzicava "Le Freak". Si era esibita in una danza da strega tra gli alberi e si era abbioccata. Fulmine, sotto l'effetto di qualche allucinogeno, l'aveva scorta, si era voltato per vedere se ci fosse qualcuno nei dintorni e nel frattempo lei si era alzata per andare a pisciare o chissà dove. Fulmine, nella spessa nebbia delle sue capacità cognitive, aveva pensato che lei fosse un cadavere e che una forza misteriosa della natura l'avesse fatta scomparire, così era corso da quello che fra i suoi compagni appariva il più sano di mente e gli aveva raccontato quanto credeva di aver visto, così l'altro gli aveva detto... esattamente quello che a me avrebbe risposto la polizia.

"Dove hai appreso di questi eventi?"

"C'erano delle voci nella radio di Flavio, ma potevano provenire anche da Genova o Marsiglia."

Ma ti immagini? Sì, l'accento era di qui e i radioamatori spesso risultavano utili in certi frangenti, un po' come le ricetrasmittenti nelle operazioni di soccorso, solo che mia sorella non era una figlia di papà, non aveva la Giulia GT, faceva un gran casino e, anche se fosse davvero successo quanto avevo supposto, se l'era cercata da sé.

Io non potevo mica restare con le mani in mano, però.

Avevo provato a chiedere ai miei se avessero visto Grazia. Anzi, ci avevo prima provato con mia madre, che aveva scosso il capo mesta; poi l'agnello codardo era riuscito a trovare il coraggio di chiederlo al babbo e lui si era accigliato voltandosi dall'altra parte. Per quello che mi aveva risposto con quel ringhio mugugnato, avrei anche potuto pensare che l'avesse vista cinque minuti prima come nell'ultima era glaciale, però non osai di più.

C'era il gigante tra le fiamme.

Dovevo assolutamente togliermi dalla testa quelle cazzate, nell'attesa di una nuova telefonata di Grazia, e accingermi a comportarmi per una volta da leone o da tigre che fosse; non per andare a fare discorsi visionari alla polizia, bensì per godermi la vita. Se non lo avessi fatto a diciannove anni, quando lo avrei fatto?

Un comunista vecchio stampo, grosso, brutto e cattivo in cima al monte che vive senz'acqua corrente, senza luce, senza tv, senza telefono e cuoce i bambini sullo spiedo.

In fondo, io gli avevo detto che mi chiamavo Sergio, e lui che si faceva chiamare Le Freak. Aveva capito che sapevo cos'era "Le Freak", intesa come comunità o casolare, dunque in un certo senso mi aveva suggerito dove avrei potuto ritrovarlo, se solo lo avessi voluto.

Mi aveva fatto sentire vivo. Mi sentivo ancora vivo. Altro che cadaveri...

Non doveva importarmi una sega se quello era uno coi soldi che spacciava e bazzicava comunità di scoppiati, mica dovevo sposarmelo. E tanto meno avevo l'istinto del crocerossino che lo voleva salvare, ci sarebbe mancato altro...

Avevo l'occasione di riprovare le sensazioni che mi avevano scombussolato il corpo quella mattina, e pure quella di provarne di più grandi e più belle che non avevo mai provato. Ero giovane, mi aspettava una noiosissima esistenza di merda. Perché non acciuffare quel treno che la vita mi aveva messo davanti? Era da egoisti, accantonare tutti i dubbi su Grazia per spassarsela, anche se erano giustappunto solo dubbi?

No, era da giovani vivi.

Anzi, quei dubbi – se erano solo dubbi – alla lunga sarebbero risultati deleteri.

Dovevo tenere la mente occupata con qualcosa che non fosse la fissazione che mi aveva posseduto da quando avevo sentito quelle voci nella radio di Flavio, senza annodarmi in ragionamenti assurdi, e vivere, sentirmi ancora vivo, come diceva quella canzone... aspetta... E questa cosa per tenere occupata non solo la mente ma anche il corpo l'avevo trovata. Perché lambiccarmi il cervello?

Corsi d'istinto verso il contenitore dei 45 giri vinti con Grazia al bar e misi sul piatto *Born to Be Alive* di Patrick Hernandez; poi acciuffai le cuffie e me la ascoltai mille volte a ripetizione con quelle; una pure accompagnandomi con balzi catartici sul materasso. Un po' borghesuccio snob, un po' discotecaro emarginato baccante.

Con la faccia da ebete per natura o da arrizzacazzi di proposito.

06.HOT STUFF

Già appressandomi al curvone che conduceva a "Le Freak", mi resi conto che gli uccellini della colonna sonora straniante non erano più gli unici a cantare.

In casa avevo evitato di dire che avevo rimandato la corsetta con Flavio e Virgilio – di sicuro i miei pensavano che stessi puntando alle Olimpiadi – così me ne ero uscito all'ora stabilita senza pensare ad avvertire che non sarei tornato per cena, anche perché mentre uscivo non ne avevo la minima intenzione.

Mi posi il problema solo nel momento in cui mi ritrovai davanti al rustico animato.

Il sole non era ancora tramontato, ma l'aria era tiepida, e qualcuno stava davvero appendendo luci stroboscopiche, psichedeliche e sfere a specchi tra i rami. Con lo stato d'animo di uno che aveva ascoltato Patrick Hernandez per tutto il giorno, quella volta riuscii facilmente a vedere il posto come una discoteca piuttosto che come il set di un film dell'orrore.

Da qualche altoparlante, sentivo tuttavia provenire un lento che mi pareva dei Bee Gees, forse *Love You Inside Out*, che conoscevo poco perché era nuova, ma stava cominciando a spiazzare *Hot Stuff* di Donna Summer dalle classifiche. Quelli che, alle mie orecchie di ascoltatore abituato al rock e al pop, suonavano come dei mezzi lenti, erano di certo una preparazione al *Disco Inferno* che si sarebbe scatenato quella notte, tanto lì non davano noia a nessuno, a parte il comunista vecchio stampo in cima al monte.

In precedenza mi ero immaginato la comune come uno di quei posti all'americana con figli dei fiori, ampi gonnelloni e fascette in capo, rock, blues e tanti cannoni. Lì invece tutto era caotico come nella testa dei fricchettoni universitari: facevano i rivoluzionari, ma erano figli di papà; facevano finta di vivere in quello che nel resto del mondo era successo dieci anni addietro, ma ascoltavano i successi del momento e giravano col Chianti, tenendo con l'altra mano bustine sospette. Di sicuro circolavano pere belle mature.

Mi stavano già tutti sulle palle, dal primo all'ultimo.

Ma mica doveva starmi per forza simpatico, il gran figo che mi volevo scopare.

Parcheggiai il motorino vicino al cespuglio dove quella mattina avevo trovato Fulmine, anche se la distanza non mi rincuorò del tutto sulla sicurezza del parcheggio; poi mi avventurai tra i ragazzi e le ragazze che o mi cacavano zero o mi rivolgevano lentissimi sorrisi a trentadue denti con gli occhi semichiusi. Tanti colori, tanti rumori, tanto via vai, ma anche tanta incertezza da parte mia, nonostante tutta la convinzione che mi ero iniettato come pera acerba.

«Cercavo Le Freak» dissi d'un botto, a qualcuno a caso che stava uscendo dalla bocca spalancata del portone. Era una ragazza con i capelli rossi. A ben vedere più donna di mezza età, che ragazza. «Devo dargli dei soldi.»

L'idea di partire con il debito per la miscela non era male, ma ero stato uno scemo a non immaginare che la tipa avrebbe risposto con indifferenza e aria di superiorità: «Sai la notizia...»

L'interno appariva devastato, non tanto per i mobili che più o meno... non c'erano, ma per l'accumulo di sacchi a pelo e coperte che cospargevano il pavimento; vestiti sparpagliati qua e là, involti di carta e bottiglie vuote abbandonati alla rinfusa. Un paio di cani spelacchiati e più imbambolati degli umani.

«No, ma non è come pensi...» *Sì, vabbe'.* «Ma c'è?»

«Mi pare di averlo visto...» La risposta non sembrava finita, mentre lei si guardava intorno con aria un po' meno spaesata di tanti altri ma comunque da un altro mondo; era come se aspettasse di rammentare dove lo aveva visto. «Non me lo ricordo.» E rientrò nel rustico come se niente fosse.

Quello mi diede se non altro la percezione di quanto si tenessero in considerazione l'uno con l'altro. Non tanto perché una tizia non ricordava dove potesse essere un tizio, quanto per il modo amorfo in cui guardavano e parlavano; bastava chiedere un accendino o una cicca qua e là per averne la conferma. I rave degli anni '90 erano ancora ben lontani e all'epoca sembrava di trovarsi in uno strampalato universo parallelo. Più che radere tutto al suolo, la polizia avrebbe pensato che fosse giurisdizione di un altro pianeta e se ne sarebbe lavata le mani. Perché pensare che con Grazia l'aliena si sarebbero comportati diversamente?

Accettai una birra da un ragazzo con gli occhiali giusto perché era chiusa e lui aveva l'apribottiglie, e m'intrattenni con il disc jockey che stava montando la console per la serata, per sfoggiare qualche discorso profondo di Virgilio. Lui di sicuro pensò che io fossi già strafatto, ma nessuno parve darmi troppo peso, né mi domandavano chi fossi e come mai mi trovassi lì. Evidentemente in quel posto la gente andava e veniva a proprio piacimento, in serata sarebbero arrivati avventori anche da fuori, e per loro ero un innocuo sfaccendato che non vedeva l'ora di arrivare al momento clou.

«Guarda chi si rivede.»

Mi voltai rapido e mi ritrovai davanti il radioamatore spigoloso. Era vestito come quella mattina, ma dietro alla spalla aveva Fulmine che faceva dei piccoli scatti e ridacchiava come uno psicopatico. Per un attimo me li raffigurai tipo Igor e il dottor Frankenstein Junior.

«Stavolta cercavo qualcuno» lo precedetti. «Sai dove posso trovare Le Freak?»

«Alessandro.»

Mi tese una mano guardandomi come se fossi uno della Digos in incognito, la fronte corrugata, il sorriso mellifluo, così ricambiai la stretta, presentandomi a mia volta. Questo aveva lo sguardo più sveglio degli altri sia di sera sia di mattina, dovevo tenerlo bene a mente, prima di farmi sgorgare domande strampalate dalla bocca.

«È dentro a leggere. Se vuoi te lo chiamo.» Alessandro si profuse in un leggero inchino che mi lasciò un retrogusto di ironico, un avambraccio dietro la vita, l'altro palmo a indicare la costruzione. «Altrimenti fai come se casa mia fosse casa tua.»

Detto questo se ne andò senza dire altro e io mi ritrovai dibattuto tra Fulmine e la voglia di fare come se fossi a casa mia. Casa sua. Ecco perché si atteggiava a capobranco.

«Allora?» sbottai spavaldo, ma ancora restio ad abbandonare le mie paranoie. «Che mi racconti di Gulliver alla guerra di Troia?»

Fulmine mi osservò stralunato, quasi che lo stralunato fossi io, poi seguì trotterellante Alessandro, come un cagnolino che si era semplicemente soffermato a fare una pisciatina a un alberello.

E stavo quasi per entrare nel rudere, quando Le Freak uscì da sé.

«Ciao, biondino.» Quanto avevo fatto per dirgli il mio nome e quello manco se lo ricordava... Del resto, io non sapevo il suo. «Sei tornato a trovarmi?»

L'allusione diretta, sul momento, mi spiazzò. Non me la sentivo di rivangare il debito per la miscela, ancora più da stupidi, arrivati fin lì, in più dovevo metabolizzare la bellezza dell'apparizione, così gli dissi di aver appena chiesto di lui e improvvisai: «Che stavi leggendo di bello?»

«La volontà di sapere.» *E vai con un altro radical chic!* In pratica ne ero circondato, a quanto pareva. Un sorriso parecchio disteso, e gli occhi di chi non è del tutto lucido. Forse si era solo fumato un po' di erba, ma se io non avevo capito una pippa nella quarta, chissà questo così... rilassato. O mi stavo sbagliando? «Mi sta intrippando e...»

«Lo conosco, lo sta leggendo un mio amico e spero di farcela anch'io.»

Mi guardò più attento e interessato, forse così lo stavo intrippando io, ma non era certo quello il modo in cui volevo che procedesse la serata, per quanto prima o poi a quel punto dovessi provare a leggere davvero quel libro.

Nel frattempo, di sottofondo, i Bee Gees non ce l'avevano fatta contro Donna Summer, così stavamo passando da *Love to Love You Baby* a *I Feel Love*, che io avevo sempre avvertito come canzoni fastidiose in senso buono... insidiose, per meglio dire; quegli andamenti, quelle curve melodiche e quei sussurri ti invitavano alla danza come la visione della casa delle streghe; quelle linee, quei fraseggi e quei sospiri, lunghissimi, lentissimi... mi avrebbero fatto vedere eccitante anche la persona più brutta del mondo, se solo mi fosse passata accanto, e in quel momento c'era la più bella. Perché cavolo avrei dovuto parlare di un libro di filosofia? Volevo liberarmi, come in *Love to Love You Baby*; volevo andare in caduta libera, come in *I Feel Love*, ora nell'aria.

Quasi che mi avesse letto nel pensiero, lui mi si avvicinò ancora, accennando qualche passo di ballo. Ci stavo facendo caso solo allora, ma, forse perché prima era stravaccato a leggere da qualche parte, forse perché quando si trovava a "Le Freak" non era impostato come alla guida della Giulia, adesso la camicia era mezza dentro e mezza fuori dai pantaloni, i ricci scuri gli ricadevano scomposti sulla fronte, e così, inselvatichito, mi sembrava ancora più appetibile. La linea perfetta tra le labbra dischiuse incitava a infilarci un dito, la lingua, il... *Vabbe'*.

«Questa roba non si balla in coppia.» Ennesima mia uscita da cretino sempre sulla difensiva. «Si balla tutti insieme.»

«È questo il bello.» Lui continuò a ballare, imperterrito. «Perché così ci si può strusciare a chi ci pare qua e là.»

«Un mio amico dice che, proprio perché è musica da ballare e non da ascoltare, i protagonisti ora siamo noi e i musicisti non contano più come prima.» E gli propinai la solfa sulle categorie emarginate che adesso provavano un senso di rivalsa.

«È lo stesso amico che legge Foucault?» Non potevo smettere di parlare di Virgilio? «Te lo scopi?»

«No, io non...»

La vergogna di dover dire che certe cose a me non erano ancora successe mi fece vedere da fuori per quello che ero: un proletario sempliciotto che non si intendeva di filosofia come Virgilio, che non capiva un accidente nelle robe da cervelloni come Flavio, che cercava di rivalersi con la musica, che presto avrebbe avuto il nero tatuato sulle dita delle mani. Ora mi trovavo in mezzo a una festa di fulminati, il tramonto stava per arrivare, i miei non immaginavano che non sarei tornato a cena, e di quel tizio davanti a me neanche conoscevo il nome. D'un tratto, mi sentii come la fidanzata casa e Chiesa di Flavio che non voleva farlo fino al matrimonio.

E stavo quasi per dire che dovevo rientrare, inventarmi che invece sì, mi scopavo quel tal Virgilio, quando ci passò di fianco un ragazzo con un vassoio di cartone stracolmo di fette di pane col pomodoro. I cani imbambolati lo inseguivano con la lingua di fuori.

«Ne vuoi?» mi chiese Le Freak, il mento reclinato sul petto, gli occhi fissi, le narici dilatate come un predatore in procinto di attaccare.

«Io non...»

«Tu non troppe cose.»

Acciuffò una fetta e me la infilò in bocca, così attaccai io, un morso, d'istinto, come un predatore, e all'improvviso mi sentii di nuovo elettrizzato come il giorno avanti. Era una cosa materiale, insignificante, una fetta di pane col pomodoro, che però quel materiale me lo fece avvertire più che tangibile, riportandomi a una realtà che era piacevole come del cibo da masticare e una mano da godersi sotto il mento; altre labbra da guardare mentre mangiavano con gusto, e quelle stesse labbra che si mischiavano alle mie, col sentore del sale e dell'olio.

Solo un attimo per guardarmi intorno, giacché quelle cose non si dicevano, non si facevano, ma nessuno sembrava preoccuparsi per noi, anche perché qualcuno qua e là stava facendo la stessa cosa. Anzi, il vederli m'insinuava un certo prurito dappertutto. Un altro sorso di birra, un altro morso al pane, e la gente intorno che rideva, scherzava e ballava mi fece perdere la cognizione del tempo, anche se l'alcol che avevo tracannato era davvero pochino.

Difatti ebbi di nuovo un moto d'imbarazzo quando lui si intrufolò tra le mie labbra avvinghiandosi a me in maniera più ostentata, con quelle movenze oscene che mi piacevano tanto; non che non me la sentissi, ma la situazione generale mi metteva a disagio, prurito dappertutto a parte.

«Non ti piace baciare col sapore del pomodoro nella bocca?» Lo vidi infilarsi due dita nel taschino della camicia e trarne... «Vuoi una mentina?» Sì, la camicia mezza dentro e mezza fuori dai pantaloni e i ricci scuri che gli ricadevano scomposti sulla fronte lo rendevano inselvatichito e più appetibile, non mi rimangiavo quanto pensato, con tutto ciò le camicie con quelle becche colossali non mi entusiasmavano quanto le zampe di elefante; cioè, a lui stavano benissimo, però le rifuggivo, perché ero magro, quel tipo di pantalone mi stava bene, ma per quei colletti bisognava avere la cervice chilometrica per non apparire rachitici, e io non ero né rachitico né un dipinto di Modigliani... né quella mi pareva una mentina.

«È una mentina?»

Lui rise, se la poggiò sulla lingua e me la mostrò sempre più lascivo avvicinandosi alla mia bocca. Ancora quel bruciore là sotto, il mio corpo si dibatteva per forzare l'angustia dei jeans, e tanta voglia di accogliere quella lingua, indipendentemente dalla "mentina."

Non riuscii a resistere e, mentre si intrufolava dentro di me per condividere quella sconcertante succhiata, mi domandai se anche a Grazia all'inizio fosse successo così.

Il pensiero di Grazia mi fece sentire in colpa, quando avvertii che la "mentina" mi stava scivolando in gola, e accolsi con un misto di rimorso e curiosità che il suo bacio affondasse di più, sempre meno interessato a quanto mi stava succedendo intorno.

Udivo solo da lontano che Donna Summer ancora non ci aveva abbandonati e stava ciarlando delle sue cosine calde. Qualcuno, più in là, aveva inscenato un ballo di gruppo, e mi sentivo meno imbarazzato del solito, da quel tipo di messa in scena. Ero sempre più disinibito e attratto dal bollore del corpo che mi stava avvolgendo, dall'umidità e dalla forza, e dopo la pastiglia mi sarei mangiato tutto intero quell'uomo selvaggio che avevo tra le braccia, come in *Hot Stuff*; volevo ballare, saltare, urlare, cantare, e prendermi qualcosa di caldo anch'io, per una buona volta, proprio perché ero un proletario sempliciotto che non si intendeva di filosofia come Virgilio, che non capiva un accidente nelle robe da cervelloni come Flavio, che cercava di rivalersi con la musica, che presto avrebbe avuto il nero tatuato sulle dita delle mani; non importava chi fosse, non dove, non quando, ma ormai non potevo più tornare indietro.

Ad alcuni minuti di distanza dall'ingestione di quella roba, sentii di avere la bocca secca e notai che le cose stavano acquistando una forma diversa: i colori sfumavano l'uno nell'altro e i primari si accendevano più netti; le linee delle persone, dei cani e degli oggetti si distorcevano e me li facevano percepire più distanti o più vicini a seconda di come io tentavo di spalancare gli occhi; così come le fette di pane col pomodoro, che ingoiai con foga non so in quale quantità, perché avevo una fame colossale; e queste linee mi apparivano sfumate, poi vischiose, mentre le forme si dilatavano, si allungavano, e infine quasi si strappavano come maschere gommose che si liquefacevano.

La sensazione cresceva con il passare di un tempo che non avvertivo in maniera tangibile quanto le fette di pane col pomodoro. Avrebbe potuto trattarsi di minuti o di mesi e a me non sarebbe interessato. Ora mi premeva solo di studiare da dove provenissero esattamente quei raggi tra gli alberi che appartenevano sì alle luci psichedeliche, ma forse partivano da una dimensione parallela, come quella della casa con le finestre che ridevano, o del pianeta della tardona con i capelli rossi, che adesso mi sembrava una baccante presa dalla furia della danza nel bosco; ma sicuramente dentro tutte quelle lampadine che si illuminavano fra un disco e una bottiglia avrebbero potuto trovarsi anche degli gnomi o dei folletti, e mi pareva quasi di scorgerli, tra una linea distorta e un colore pulsante.

Forse era quello l'allargamento della coscienza di cui parlavano i Pink Floyd, o forse il senso di rivalsa di Sylvester, non ero in grado di capirlo così come non capivo la quarta di Foucault, però il fatto che Le Freak non fosse più nei paraggi non mi stravolgeva tantissimo, perché ero concentrato su me stesso e le cose stupefacenti che mi stavano sfilando davanti agli occhi.

Da quel momento, ricordo solo un gran sonno e poi il risveglio in un posto buio e soffice, con una grandissima eccitazione nella testa scombussolata, e qualcos'altro di oscuro e morbido che mi scivolava in su e in giù sul pisello come in un sogno.

A poco a poco la sensazione si fece tangibile come il pane col pomodoro e mi accorsi che una debole lama di luce lunare filtrava da una delle finestre dalla bocca spalancata.

L'istinto mi spinse a portare una mano tra i ricci scuri che intravedevo sul mio ventre e sussultai, sollevandomi su un gomito, per la sorpresa e il piacere di quella sensazione umida e sconvolgente.

«Buongiorno, biondino!»

Ora il sorriso di Le Freak baluginava nella semioscurità e il vederlo ridere in quella circostanza, nonché posizione, mi eccitò ancora di più.

«Non smettere, ti prego!»

«Mi preghi?» A quel punto rise di gusto e si tirò verso di me, mentre io mi sentivo deluso e disorientato dall'impazienza al tempo stesso. «Sono io che ti prego di svegliarti perché è da ore che ti aspetto.»

«Che ore sono?»

Non mi raccapezzavo.

«Boh...» Si guardò intorno, mentre anche i miei occhi acquistavano un po' di coscienza e notavo che eravamo su un ammasso di sacchi a pelo, in una stanzetta che accoglieva solo noi e qualche mobiletto campagnolo. Sembrava il piano superiore, a vedere dalla finestra. «Le quattro, le cinque, le sei...»

Cazzo! Mi sfrecciò davanti l'immagine di mia madre ancora sveglia e di mio padre che alla fine si era addormentato perché era chiaro che tanto sarei diventato come Grazia.

«Ma che mi hai dato?» farfugliai, grattandomi un capo che speravo fosse al suo posto.

«Non tutto quello che vorrei darti.»

Mi adagiai di nuovo con la schiena sul sacco a pelo, fissando le travi sul soffitto. Mi sentivo a poco a poco meno eccitato e più pensieroso, anche se quei pensieri facevano una gran fatica a ricomporsi in un senso logico.

«Dove sono finiti tutti gli altri?»

«Qualcuno è tornato a casa sua, qualcuno si è addormentato giù, dentro, fuori...» E parlava come il giorno addietro, lentamente, con voce profonda, mentre con una mano tornava a stimolare quanto tentavo in ogni modo di ricongiungere al cervello sconquassato, e tuttavia me lo immaginavo sbattere piano le ciglia di velluto come gli occhi, anche se mi sforzavo di non guardare.

«Cosa abbiamo fatto?»

«Magari avessimo fatto qualcosa...» Ridacchiò. «Ti ho detto che aspetto da ore che tu ti svegli.»

«Alla fine mi hai svegliato.»

«Non dovevo?»

«Io non...»

«Tu sempre non?»

«Ma...»

E il suo bacio mi scivolò in gola come lungo il ciglio della stradina sul monte. Di nuovo avvertii quella sensazione sconvolgente ed elettrizzante invadermi i fianchi e pure quella morbosa, al ricordo di Grazia.

Be', a quanto pareva era riuscito se non altro a tirarmi giù quei maledetti jeans senza che io dovessi fare chissà quali esercizi con la pancia, ma forse solo perché la sera prima avevo mangiato poco, dato che supponevo di non aver collaborato un granché.

No, le fette di pane! Ma quante ne avevo mangiate?

Ripresi fiato.

Grazia... la sensazione morbosa...

«Tu preferisci dare o ricevere, biondino?»

«Mi chiamo Sergio.»

«Non me lo vuoi dire, Sergio?» mellifluo e sussurrante come i sospiri lunghissimi e lentissimi di Donna Summer.

«Nella mia testa non associo queste cose ai rapporti fra uomo e donna. A me piacerebbe continuare anche come stavi facendo prima e basta, però se proprio vuoi che qualcuno dia e qualcuno riceva, a me... a me andrebbe bene lo stesso. Se vuoi che dia, do, se vuoi che riceva, do in quel senso.»

Avevo parlato d'un fiato come se lo stessi dicendo per la prima volta a voce alta a me stesso, ed era così, era la verità, ma non credevo che sarei riuscito a dire in quel modo a uno sconosciuto delle cose che... eh, delle cose che non si dicevano manco a Virgilio, quindi figuriamoci.

«Che carino...» Mi stampò un bacio a fior di labbra. «Tu darai grandi soddisfazioni al mondo.» E cominciò a borbottare, piano, quasi lo stesse confessando più a se stesso che a me: «Se fai lo sdegnoso mi piaci ancora di più, mi eccita questa tua ritrosia, però non mi va di fare qualcosa che non vuoi, e allora mi inciti a portarti a volerlo.»

Per tutta risposta, me ne uscii con un: «Mi scappa la pipì.»

Mi sentii un bambino piccolo, per aver detto quella cosa, proprio in quel momento, ma in effetti, una volta riuscito a far scemare un po' l'eccitazione, fra un senso di morboso e un discorso filosofico, il bisogno primario fu quello.

Grazia diceva sempre, quando le parlavo di ragazzi: "Prova a immaginartelo mentre fa la cacca. Se ti piace ancora, vuol dire che è amore." Mi sfuggì un singulto di riso sia al ricordo di Grazia, sia all'immagine del perfettino Le Freak sulla tazza del cesso. Forse non era buon segno ma, come già mi ero ripromesso, non dovevo sposarmelo.

«Qui accanto c'è un bagno» mi rimandò lui quando già mi ero alzato e vagavo per la stanza. «Fai presto, ti ho già aspettato abbastanza, e ora che sei sveglio non voglio perdere un minuto di più.»

Combattuto tra il fuggire e il fare presto, scelsi l'opzione di mezzo, e invece che in bagno andai a pisciare fuori, contro un albero, come Fulmine in mezzo al cespuglio.

Tra i cespugli però non c'era nessuno, la gente era tutta assiepata al pian terreno fra sacchi a pelo e coperte simili a quelle che erano pure su, e che avevo visto il giorno addietro tra sacchetti di carta e bottiglie vuote. Non c'era un buon odore. Dovetti fare una gimcana per evitare chi si era abbioccato su qualcun altro, nudo, e chi russava come un forsennato, cani inclusi, ma raggiunsi l'alberello che mi ero prefisso e mi liberai se non altro il corpo. Alla mente avrei pensato poi.

Non albeggiava ancora, era buio, ma alcune luci psichedeliche erano rimaste accese e, per quanto non stessero più trasmettendo né gnomi né folletti, illuminavano l'ambiente circostante. Il Ciao era al suo posto ed ebbi voglia di tornare su per controllare dove fosse l'apparecchiatura da radioamatore, più che per la famigerata scopata che, non sapevo perché, stavo evitando come un cretino.

«Non vorrai mica scappare, vero?» Mi sentii abbracciare da dietro prima ancora di aver finito di rivestirmi, e le mani di Le Freak che m'impedivano di ultimare le operazioni mi tolsero dalla mente radio e motorini.

I pantaloni stavano andando giù, invece che su e, voltandomi, lo scorsi completamente nudo. Bello e diafano sullo sfondo degli alberi, folle ed euforico, dionisiaco, in quel sorriso continuo. Solo una catenina indosso, per il resto la perfezione ellenica. Notai solo con leggero fastidio che era glabro, tipo me, con tre peli; non aveva la spolverata di Tony Manero, né i peluzzi che spuntavano a Virgilio quando aveva la camicia mezza sbottonata. Comunque sia, *Hot Stuff* mi era appena ripartita nelle orecchie, e nella mia intera testa ancora confusa i muscoli dei ballerini neri di Donna Summer, la pelle olivastra di Virgilio e quella marmorea di Le

Freak m'immersero in un brodo primordiale di sensazioni sconcertanti.

«Voglio darti e voglio ricevere» sbottò lui, da quel calderone.

Non m'importò più di dirgli che mi chiamavo Sergio, forse se lo ricordava lo stesso, forse no, io sapevo solo che volevo dare e ricevere a mia volta.

I vestiti mi esplosero addosso senza dover trattenere il fiato, scagliandosi a distanza come spinti da una forza della natura, anzi, quel fiato lo buttai fuori insieme a tutta la voglia che avevo di godere e di farlo godere.

«Vuoi la mentina?»

Non era una mentina nemmeno quella davanti a cui mi aveva fatto inchinare come baccante di fronte al Dio del bosco, e neppure tanto "ina", ma provai ad assaggiarne il sapore con gusto, quasi fosse una fetta di pane col pomodoro.

Vederlo gemere, eccitarsi, grazie a me, eccitava anche me, di rimbalzo, sempre più, e anch'io mi sentivo un Dio del bosco, tra i rami e le foglie nella semioscurità, incantato davanti alla sua sagoma oscura, incorniciata da luci psichedeliche, mentre scostava le frasche che si intromettevano fra noi. Con quel sorriso nascosto che io immaginavo comunque tra un brillio e uno sghignazzo sommesso. Un bacio addosso a un tronco, e poi contro un altro ancora.

E avrei voluto dirgli che non lo avevo fatto mai, che non ci stavo capendo più niente, che provavo tanta gioia, ma anche tanta paura, solo che avevo detto "io non" già troppe volte, come lui stesso a più riprese mi aveva fatto notare, e soprattutto non era un "io non" nel senso che non volevo farlo, non volevo che mi fraintendesse; così mi vergognai un po' quando mi ammosciai mentre mi stava inumidendo per darsi; mi ammosciai di nuovo quando m'invitò a prenderlo per ricevermi, ma alla fine i baci, i fulmini, le carezze, la musica fantasma, gli abbracci e il rombo della danza nel bosco mi tolsero ogni freno, ogni timore, ogni altro pensiero che non riguardasse quei due animali che si stavano montando in mezzo alla natura.

Mi sentivo caldo.

E vivo.

07.THAT'S THE WAY (I LIKE IT)

«Dopo una scopata così, ci vuole qualche tiro.»

Quella che mi stava passando Le Freak non era proprio una sigaretta, ma ormai avevo fatto novantanove...

Ci adagiammo sul prato davanti alla radura, il dislivello che conduceva al motorino ci faceva intravedere la stradina sottostante, e il cielo era terso e luminoso, in quell'ora che ormai doveva trovarsi più o meno in mezzo alla mattina inoltrata.

Nel corso dell'alba mi ero riassopito più volte, finché lo scombussolamento della "mentina" e del sesso reiterato mi aveva dato un po' di pace. La frittata era fatta, c'era semmai da pensare a una scusa per i miei che non somigliasse troppo a quelle di Grazia.

Grazia... Voltai il capo di lato e trovai il viso sorridente di Le Freak che mi scompigliava i capelli, riprendendosi quanto mi aveva offerto. Lo vedevo ancora bellissimo, quella notte mi aveva fatto provare emozioni e sensazioni che mai avrei sperato di provare con quell'intensità, ma c'era qualcosa che non mi quadrava, e quel qualcosa stava proprio nel pensiero di Grazia, che continuavo inutilmente a ricacciare in fondo al cervello.

Ma lui mi ripassò la canna e io cominciai a sentirmi più rilassato, quasi pronto a escogitare quella scusa strampalata per i mei che tanto vagheggiavo, e Grazia se ne tornò in un campo di papaveri.

La sensazione non era la stessa della sera precedente, mi percepivo semmai più... morbido, leggero, disteso, sereno, privo di assilli, per quanto ormai riavessi indosso i jeans strizzapalle. Osavo allegria. E risi, risi al nulla, con la convinzione che era troppo presto per rimettermi in sella al Ciao.

Mi abbandonai alla bellezza della natura e alla quiete della presenza di Le Freak, che gli altri non disturbavano, come avrei pensato in precedenza; anzi, Fulmine, Alessandro, la tipa con i capelli rossi e altri che avevo visto girare lì intorno stavano in mezzo a noi come se tutto stesse andando così come doveva andare. Senza preoccupazioni, senza noie e senza la voglia di tornare da dov'ero venuto.

Mi sollevai a sedere sull'erba, sorridente, e poggiai i palmi all'indietro per tenermi dritto, perché non mi pareva di riuscirci tanto bene. Osservai Le Freak che si metteva a parlare con una ragazza e Fulmine che mangiava della roba avanzata su un tavolino di plastica vicino alla console addormentata del dj. Poi gettai il capo all'indietro e chiusi le palpebre al cielo, inspirando profondamente.

Ah, come sto bene!

Solo vagamente udii il motore di un'auto che si stava avvicinando e, come da un'altra dimensione, portai lo sguardo sullo stralcio di stradina che si vedeva poco sotto il dissesto.

Una 126 giallo canarino.

Quella macchinina la conosco.

Una volta eravamo riusciti a entrarci in tre, più la batteria di Flavio tutta smontata, ed era stata un'impresa, col bagagliaio davanti già pieno per la ruota di scorta e lo sportello sul retro che conteneva il motore. La messa in moto a leva, e i cappucci delle uniche due candele che di tanto in tanto si staccavano per farci andare a due all'ora.

Che bellina!

Virgilio ne scese trafelato e si arrampicò sulla salitina finendomi davanti con gli occhi spalancati. «Ma che cazzo mi combini?» Agitava le mani e le spalle come un politico a un comizio e mi fece ridere. «Io lo sapevo che eri qui!» E lasciò ricadere le braccia lungo i fianchi, per poi portarsi una mano alla fronte, voltato di tre quarti. «Te m'hai detto una cazzata, non l'hai vista l'altro giorno, sei venuto a metterti nei casini di testa tua per trovare prove.» *Eh?* «Cioè...» Scuoteva la testa e le spalle guardandomi col labbro inferiore penzoloni. «Te non t'immagini nemmeno quante cazzate mi sono dovuto inventare coi tuoi.» E piantò di nuovo i palmi in avanti come se stesse affettando l'aria e il mio culo. «Mal di pancia 'na sega!» Forse con quella storia del trovare le prove sarei dovuto tornare in me, vederlo come un Virgilio dantesco, una guida che cercava di farmi orientare in quella selva oscura, ma non ce la facevo a smettere di ridere, e più che lui faceva così e più che io ridevo.

«Virgilio...» dissi solo, piegando il capo di lato, con un misto di affetto e di scherno.

«Sei fatto?» La sua aria invece stava tra l'incredulo e lo schifato, nel fissarmi dritto negli occhi.

«Sei un borghesuccio snob.» E risi ancora.

«Sergio, sentimi...» Il fatto che lui stesse assumendo un'aria seriosa in maniera forzata, paternalistica, nel poggiarmi una mano sulla spalla per invitarmi ad alzarmi, mi procurò uno scatto d'ilarità ancor più fragoroso, che costrinse qualcuno degli altri ad avvicinarsi. *Oh that's the way aha aha I like it aha aha.* Avevo le lacrime agli occhi, e per una volta stavo da Dio. *That's the way aha aha I like it aha aha.* Spinsi pure una gamba in avanti, quasi fossi nella sezione fiati della KC and the Sunshine Band, così ricaddi all'indietro, o forse sarei ricaduto all'indietro lo stesso. «Ora vieni con me, poi il motorino torniamo a prenderlo dopo. Possiamo fidarci?»

Non capii se stesse interpellando me, ma il fatto che agli altri potesse apparire sgarbato, con una richiesta del genere, quasi un'accusa maligna, m'impedì di voltarmi. Avevo paura che la faccia ombrosa e spigolosa di Alessandro che lo guardava male mi facesse smettere di ridere.

«Tranquillo.» Le Freak che si era avvicinato, rivolgendosi a me e non a Virgilio, mi trattene per un po' lì dov'ero, ma infine riuscii in qualche modo ad alzarmi, forse aiutato dal braccio di Le Freak, forse da quello di Virgilio, o forse di entrambi. «Qui lo aspettano il motorino, io, tante cose...»

Salutai canticchiando e salii sulla 126 senza neanche capire se sarei voluto salire sulla 126 o meno. L'unica cosa che riuscivo a pensare era che stavo bene, che nessuno mi avrebbe rubato il motorino e che Virgilio aveva già trovato delle scuse per i miei. Quindi di pensare non c'era nemmeno tutto questo gran bisogno. Si poteva anche continuare a dormire cullati dalla macchinina che sembrava andare a ruota libera in discesa; curvava, saliva, scendeva, curvava... e a dire il vero mi faceva anche venire un po' voglia di vomitare, sebbene stessi notando con piacere che tutta quella roba della sera addietro non mi aveva dato il tipico mal di testa che di solito mi procuravano le sbornie alcoliche.

Così rimasi ancora più spaesato, quando mi accorsi che Virgilio aveva accostato in una piazzola sterrata e aveva spento il motore.

«Ora mi dici cosa cazzo hai fatto» sbottò, perentorio, peggio del babbo.

«Ora?» reagii, allargando il più possibile le vocali. Mi pareva un'impresa immane.

«Ma Sergio!» *Uffa!* «Ti svegli tutto insieme? D'un botto? Guarda che così ruzzoli dal letto.» Non capivo. Forse era solo una metafora. «Come ti senti?»

Virgilio. Le Freak. Grazia... ridere. Pensare. Ridere. Pensare.

«Come un gallo che ringrazia Dio di aver creato le galline senza mutande.» Senza senso. E Virgilio che si portava un palmo alla bocca arrivando a stringersi tutta la mandibola, pensieroso, inspirando profondamente, quasi fosse stato un medico che mi aveva appena trovato le tonsille ricoperte di porcini, mi fece scoppiare a ridere di nuovo, ma anche cercare di coinvolgerlo, per ragionare da filosofi, insieme: «Ti immagini se avessero le mutande? Hanno solo due zampe, e per trombare sarebbe un casino, e poi le uova? Come farebbero a scendere, le uova?» E ridevo.

«Te lo sei trombato?»

«Il gallo?» Risi ancora più stridulo, spalancando i palmi come aveva fatto lui poco prima davanti a Le Freak, gli occhi fissi al di là del parabrezza, poi chiusi, per spremere lacrime di gaiezza.

«Il fighetto!»

A quel punto mi voltai per guardarlo in faccia, la bocca aperta per dire qualcosa, il cervello e l'uccello che tornavano alla trombata, e la sua faccia che si sovrapponeva a quella di Le Freak, mentre le parole che non mi erano uscite di bocca aleggiavano nell'aria come gnomi e folletti capricciosi, una sorta di fumetto sulla mia testa che declamava: "E cosa avrei dovuto fare, secondo te, con uno così? Lasciarmelo scappare?".

«Che cretino...» Scosse il capo, adesso era lui ad avere lo sguardo fisso sul parabrezza, poi tamburellò con la fronte sul volante e rimase qualche istante muto, prima di mormorare: «Hai preso precauzioni?» Al mio silenzio, che lui evidentemente ben interpretò come un diniego, inspirò a lungo, ancora, e si voltò di scatto per berciare: «Ma te sei scemo!» E allungò un braccio verso la strada alle nostre spalle, come a dire: "Vai! E tornaci se sei tanto imbecille, invece di stare qui!". «Quelli ci attaccano la gonorrea, la sifilide e chissà cos'altro.»

«Tutt'al più a me.» Mi strinsi nelle spalle e continuai a non provare troppo senso di colpa, anche perché non mi sentivo ancora in me. Niente affatto. «Dai andiamo, su!» Mi stava quasi annoiando. Ma da un lato mi faceva piacere che si stesse preoccupando per me. Solo che proprio non avevo voglia di pensare a quelle cose. Volevo finire di godermela in santa pace. E basta.

Stranamente, mi accontentò. Rimise in moto e raggiungemmo casa sua in totale silenzio, mentre dentro di me tutto quello continuava a farmi un po' ridere e impensierire al tempo stesso.

Fortuna che i suoi non c'erano, così mi stravaccai sul letto di camera sua senza dover render conto a nessun altro. Chissà quali erano le scuse che aveva trovato e cosa stavano pensando i miei. Chissà cosa stava facendo Le Freak. Chissà cosa stava facendo Grazia...

08. I AM WHAT I AM

Nella vita di cazzate ne ho fatte poche, più o meno tutte concentrate nello stesso periodo, forse per quel senso di rivalsa tanto decantato dalla disco, prima di arrendermi al mio crudo destino.

No, non avevo usato precauzioni quella sera. Da lucido facevo lo schizzinoso per bottiglie e tirabusciò, mentre da rincoglionito perdevo il senno. In generale mi reputavo abbastanza intelligente, ma spesso l'intelligenza la nascondevo nelle tasche dei vestiti e a portata di mano non la trovavo proprio. Da lì in avanti fui tuttavia più giudizioso, e mi è andata bene. Un po' meno a quel gran figaccione ombroso del nostro amico – si fa per dire – radioamatore, che seppi morto di AIDS una ventina di anni dopo. Nonostante le parate di culo di paparino, nel frattempo, di tanto in tanto si era fatto pure qualche mesetto al fresco. Fulmine se n'era già andato da un pezzo per overdose, e gli altri chissà.

All'epoca ero ingenuo e impreparato, e quell'autodifesa che mi travolgeva ogniqualvolta tentavo di rientrare a capofitto nella realtà, nella testa di Grazia, nella vita o non-vita di Grazia, era comprensibile, dati tutti ma proprio tutti i presupposti. Forse non ero solo un proletario sempliciotto che non si intendeva di filosofia come Virgilio, che non capiva un accidente nelle robe da cervelloni come Flavio, che cercava di rivalersi con la musica, che presto avrebbe avuto il nero tatuato sulle dita delle mani; forse in me c'era qualcos'altro che non riusciva a venir fuori, e speravo di scoprire presto di cosa si trattasse.

Ingenuo e impreparato, però, al momento ero e rimanevo, per cui, quando quel giorno mi risvegliai nella cameretta di Virgilio e, guardandomi intorno, cercai di riassumere dentro di me tutto quello che era successo nelle ultime ore – O giorni? Settimane? Mesi? – l'idea che non si fosse trattato solo di un sogno mi spaventò.

Sta di fatto che sollevai la schiena dal letto d'un balzo come uno zombie che si ridesta dalla morte e urlai: «Virgilio!» quasi stessi urlando: "Mamma!".

Sentii i suoi passi familiari nel corridoio, lo vidi aprire e richiudersi la porta alle spalle senza guardarmi, anche se dai rumori assenti pareva che di là non ci fosse ancora nessuno, forse erano al mare, alle Seychelles, oppure in Giamaica, boh; poi si appoggiò col sedere al cassettone di fronte a me, in piedi, le gambe lievemente incrociate all'altezza delle caviglie, le braccia conserte, un dito che correva a tamburellare sulle labbra in una posa da pensatore platonico.

Mi osservava muto, serioso, quasi che io fossi un asteroide appena caduto sulla terra, e avrei voluto che mi spiegasse com'erano andate le cose in mia assenza, cosa avevano chiesto i miei genitori, cosa aveva risposto lui, mentre lui di sicuro voleva che a raccontare tutto semmai fossi io, e ne aveva ben ragione.

Così lo feci. Tutto d'un fiato. Nei minimi dettagli, evitando solo quelli troppo intimi, intanto che lui non cambiava né espressione né posizione. Cioè... quelli intimi da amico avrei proprio voluto raccontarglieli, ma da una parte ero ancora reticente.

Quando ebbi finito, attesi che lui dicesse qualcosa. E invece rimase lì, a fare il pensatore platonico.

«Ma non mi dici niente?» sbottai a un certo punto, stanco di pazientare.

«Dico che ho fatto male a raccontare tutte quelle cazzate ai tuoi.»

«Che hai raccontato?»

«Avrei fatto meglio a dire la verità, quanto mi ero immaginato incluso.»

Allora partii con un altro sproloquio, che somigliava tantissimo alle riflessioni che avevo fatto il giorno avanti sul mio letto nel cercare di ricomporre il puzzle di dati, dal radioamatore cattolicissimo per finta che spaccava Grazia di botte perché voleva abortire alla tizia con le mestruazioni che ballava nel bosco come una baccante inferocita.

«Glielo devi dire, ai tuoi!»

Il suo scatto in avanti, sul materasso, la mano che fino a quel momento aveva picchiettato sulla bocca che mi sbocciava in fronte come un monito a parlare, mi fecero sussultare.

«Di Le Freak?»

«Di Grazia, Sergio!» E gattonò sul letto, con gli occhi spiritati, quasi più di quelli che dovevo aver avuto io la notte appena trascorsa. «Di Grazia!»

E non si capiva se quel "Di Grazia!" fosse un riferimento al nome proprio di mia sorella o non si trattasse invece di un'esclamazione obsoleta, un'esortazione aulica fondata sull'ironia, nel disperato tentativo di spronarmi ad alzare il culo dal quel letto e soprattutto ad aprire bocca. Un'esagerazione, fino a farmi diventare un coraggiosissimo *Macho Man*.

Si tolse le scarpe facendo perno con la punta del piede sul tallone dell'altro e incrociò le gambe sul letto, ricordandomi la posizione che usavamo di solito quando eravamo più piccoli e provavamo a parlare di cose serie. Slegò la coda di cavallo e pensai per l'ennesima volta che i capelli lunghi gli stessero davvero bene, così, sciolti, e anche che avrei voluto dirgli grazie, per tutto quello che stava facendo per me, ma come al solito riuscì ad aprire bocca prima lui: «Quando ieri sera mi hanno chiamato perché non ti hanno visto tornare, ho capito subito che avevi detto che eri venuto a correre con noi, anche se già ci avevi dato buca. Così mi sono inventato che magari avevi un tuo giro, che c'era qualcuno, e che presto saresti tornato a casa.» Si strinse nelle spalle, fissando un punto indefinito nel vuoto, poi, con le dita, trasse una ciocca di capelli dietro l'orecchio. «Del resto, era quello che avevi dato da pensare a me quando ti ho fatto quella battuta sul mal di pancia, così non mi sono preoccupato più di tanto.» Si poggiò all'indietro sui gomiti, e tirò su le gambe, dondolando le ginocchia. Per un attimo mi parve più osceno di Le Freak, ma cercai di fare attenzione a quanto mi stava dicendo: «Quando stamani tua madre mi ha richiamato perché non eri rientrato, di questa fantomatica ragazza da cui eri rimasto me lo sono proprio inventato. Lei ha borbottato che di sicuro era una poco di buono, se rimaneva tutta la notte fuori, che almeno tu avresti dovuto frequentare persone perbene. Io invece ho pensato che la faccenda non mi quadrava, che l'altro giorno quando hai chiuso il discorso della radio e di Grazia in quel modo senza più raccontarmi nulla annusavo guai nell'aria, che volevi coprirla per qualcosa, che addirittura ero stato io a imbeccarti con quella storia della comunità sul monte, così ho fatto un giro e...» A quel punto tornò a guardarmi dritto negli occhi. «Non pensavo che tu avessi scoperto altre cose, né che il poco di buono invece c'era davvero.»

Cercai di sviare sull'ultima parte: «Quindi dovrò solo giustificare l'uscita notturna con una tipa, roba che il babbo non vedeva l'ora, via.»

Stavamo parlando di *quella cosa* apertamente, a faccia a faccia, senza remore, e lui mi guardava male per un aspetto che non era quello.

«Sergio, te non ti rendi conto.» Scosse il capo e si tirò via i capelli dalla fronte con un rapido movimento a conca del pollice e dell'indice. «A tua sorella potrebbe essere successo qualcosa di brutto, sei in possesso di dettagli che dovresti riportare alla tua famiglia e alla polizia, e te ne stai su un prato con un fighetto che manco conosci e che potrebbe essere implicato nella vicenda.»

Aveva assunto un tono pomposo e grave al contempo, ma con quella strigliata mi aveva messo infine di fronte ai passaggi nudi e crudi.

Così, nudo e crudo fui anch'io, senza più remore nemmeno nel parlare di Grazia: «Cosa credi, che all'inizio i miei non ne abbiano denunciato la scomparsa?» Inspirai profondamente. «Una, due volte.» E scossi il capo. «Alla terza già eravamo quelli di "Al lupo! Al lupo!". I suoi allontanamenti erano sempre volontari, si faceva, andava in giro con chi pareva a lei, abitava quando di lì, quando di là.» E allargavo le braccia sul materasso quasi volessi comprendere l'universo, fino al campo di papaveri e l'amaca in Giamaica, oppure solo per esprimere la mia impotenza. «Ma sai come sono quelli lì... dopo un po' si stancano, chiudono casi ben più gravi e ben più pieni di prove. Noi siamo poveracci. Mi riderebbero in faccia se andassi a raccontare queste cose, se dicessi che in mano in realtà non c'è nulla, non c'è neppure il cadavere.»

«Se non ci provi, come fai a saperlo?» Mi guardava fisso, intenso, e sembrava incitarmi a fare un qualcosa che riguardava me, lui, il mondo intero. «Poi rimarresti col rimorso per tutta la vita e con l'idea del "E se invece ci avessi provato? Come sarebbe andata a finire?"»

Aveva ragione e comprendevo che lo stava facendo per me, tuttavia ero ancora pieno di dubbi e paure.

Per risposta, mugolai e basta.

«Quella gente non ha nulla a che vedere con te.» Ora stava parlando di Le Freak. Sì, lo stava facendo per me. «Chi non ha valori e virtù individuali aderisce cieco e sordo a quelli collettivi, che non sempre sono buoni, difatti così è nato pure il fascismo.» E mi stava pure donando uno dei suoi discorsi profondi, da filosofo vero, che mi affascinavano tanto. No, adesso non si stava riferendo di certo alla discomusic. «Si asserrano, fanno fronte nel gruppo.» E nemmeno dei balli. «Perché non hanno un'identità propria, pretendono di affermarsi senza fare autocritica, non parlano con loro stessi, si affidano all'esterno.» Avrei voluto rispondergli che in verità lui non li conosceva, era lui stesso che stava facendo di tutta un'erba un fascio, perché Le Freak leggeva i libri che leggeva lui e... ma forse aveva ragione lo stesso, come al solito, e quegli anarcoidi erano erba da fasciare senza troppi scrupoli di coscienza. «Sono ottusi, non si accettano, e cedono al delirio di onnipotenza.» Forse Alessandro... «Sono come la banda di disadattati superficiali della Febbre del sabato sera, ma te devi fare come il protagonista, devi lasciar perdere quella combriccola, devi inventarti qualcosa di diverso, di migliore, sì. Tu meriti di meglio.»

Biascicai un "se lo dici tu" sottovoce, e rimasi imbambolato per un po', domandandomi se invece non mi meritassi davvero quel delirio.

«Sto pensando di iscrivermi a Roma.»

La sua esternazione a freddo mi spiazzò. Il cambio repentino di discorso, e quanto aveva detto.

Lo osservai in silenzio mentre si alzava dal letto, si riannodava i capelli e rovistava a caso sul ripiano del cassettone, come per tenersi impegnato in qualcosa che non fossero quei discorsi a cui adesso sembrava dare poca importanza.

Poi riprese: «I miei mi hanno detto che mia zia potrebbe ospitarmi per un po', che in seguito potrei trovare un lavoretto, qualche casa per gli studenti, e che in una grande città farei più esperienze, proverei a vivere in un contesto diverso.» Infine tornò a guardarmi e riassunse la posa del pensatore, per qualche attimo. «Dici che mi farebbe bene cambiare aria?»

Di solito ero io che chiedevo consigli a lui, ma non volevo apparire opprimente e infantile, possessivo e invidioso, nel mettermi a urlare di nuovo quella sorta di "Mamma!"; di confessargli che l'idea di perderlo mi spaventava, che avevo bisogno dei miei amici come del cibo e del sole, che quanto fino ad allora avevo dato per scontato mi stava scivolando sotto i piedi in un momento in cui non ero in grado di capacitarmene.

Mi limitai a deglutire e a stringermi nelle spalle, mormorando un: «Pensaci bene.»

Da che pulpito...

«Ci penserò sì.» Annuì più fra sé e sé che a me. «Ci penserò eccome.»

"Così come tu dovresti pensare ai casini tuoi" sembrava fosse rimasto sospeso nell'aria.

Fu in quel preciso istante di caos totale che presi coscienza della gravità della situazione.

Perlomeno un po'.

Stavo per diventare grande.

Stavo per rimanere solo.

Le Freak era ormai un ricordo distante appartenente a un'altra dimensione.

Dovevo parlare almeno con i miei.

Ero quello che ero, come diceva quell'altra canzone di Gloria Gaynor, sì, ed era arrivato il momento di aprire l'armadio e di urlare.

09.DISCO INFERNO

«Devo dirvi una cosa.»

Il babbo si alzò di scatto dalla poltrona e si diresse verso la finestra per sbirciare la strada. Non sapevo con esattezza se stesse facendo così perché non gli importava un accidente di quello che stavo per dire o se voleva accertarsi che il mondo intero non mi stesse ascoltando. La faccenda della poco di buono che mi aveva fatto star fuori tutta la notte era stata presa con le molle, il tentativo di spedirmi dalla bella vicina con un piatto di lasagne riscaldate era caduto nel vuoto, e di sicuro a quel punto si aspettavano una scandalosissima confessione sulla mia omosessualità.

Prima di affrontare i miei, Virgilio mi aveva accompagnato a riprendere il motorino sul Serra, ma l'auto di Le Freak non era nei paraggi, né avevo intravisto qualcuno che conoscevo, così avevo fatto buon viso a cattiva sorte ed evitato di far incazzare Virgilio ulteriormente, prendendo baracca, burattini e tornando a casa zitto zitto. Da un lato sentivo ancora calda sulla pelle quella di Le Freak, dall'altro ero scombussolato per i discorsi di Virgilio, sicché mi ritrovavo nel limbo giusto per fare tabula rasa nel cervello e infilarci in mezzo il terzo incomodo, ovvero il discorso su mia sorella.

«Si tratta di Grazia» precisai. Avrei voluto dire proprio tutto, a quel punto, davvero, anche su di me, ma forse c'erano troppe cose in ballo, e quei due cuori non sarebbero stati in grado di sostenere il trambusto.

La mamma sollevò la testa dal ripiano del tavolo, l'aria apprensiva. Il suo mondo fatto di pacchi di biscotti da cui tagliare i punti per vincere tazze e tovaglie mi appariva ora più distante di quello di "Le Freak", ma mi fece una pena immensa quando cominciai a stemperare dati e particolari nella speranza che come me la prendessero più sul vago possibile.

Di sicuro la presero sul più vago possibile i poliziotti che, non appena ci videro entrare, si profusero in sbuffi e occhi al cielo.

Erano tornati quelli di "Al lupo! Al lupo!".

"Dove hai appreso di questi eventi?"

"C'erano delle voci nella radio di Flavio, ma potevano provenire anche da Genova o Marsiglia."

Andò esattamente come avevo previsto e, se da una parte quello rincuorò – forse – la mamma, dall'altra fece infuriare il babbo, quasi che lo avessimo costretto a fare un qualcosa di inutile che non ci avrebbe portati a nulla, tanto Grazia era di sicuro a divertirsi al Polo Nord.

Insomma, neanche c'era modo di capire se ci fosse un nesso tra il gigante tra le fiamme e il comunista vecchio stampo, grosso, brutto e cattivo in cima al monte che viveva senz'acqua corrente, senza luce, senza tv, senza telefono e cuoceva i bambini sullo spiedo. Non esisteva. Non risultava nemmeno dall'ultimo censimento.

Il senso di colpa in me scemò, ovviamente, perché mi ero liberato la coscienza e avevo fatto tutto quello che potevo e dovevo fare, però, l'aver svuotato il sacco mi stava riempiendo di una sensazione inattesa: la voglia di urlare al mondo tutta quella mia incazzatura, contro la gente, contro la polizia e contro tutti gli stronzi che non muovevano il culo per fare il loro dovere. Se c'ero riuscito io...

Quell'incazzatura macerò per un bel po', schiumò nelle vene, in bocca e negli occhi, e montò rapida e temeraria, più o meno, fino a farmi imbarcare per l'avventura.

***

«Siamo sicuri che non ci stiamo mettendo nei casini?» chiese Flavio dal sedile posteriore della 126 giallo canarino. La macchinina ansava in salita, ai curvoni avevo la sensazione che se ne sarebbe andata all'indietro, ma forse la stavo sottovalutando.

«Ci stiamo sicuramente mettendo nei casini» bofonchiò Virgilio alla guida.

Quella volta mi ero ficcato in tasca una foto di Grazia, una delle poche da grande che ero riuscito a recuperare. Se alla polizia non interessava, forse avrebbe attirato le attenzioni di Fulmine.

C'erano voluti diversi giorni e diverse chiacchiere nello stanzino di Flavio – nonché scommesse prima lanciate e poi ritirate giocando alla console della tv col Pong Atari – prima di arrivare a quell'esito, rapidità e temerarietà a parte, ma alla fine mi ero deciso a inventarmi qualcosa di diverso e migliore, a muovere il famigerato deretano, più per la voglia di gridare quella mia incazzatura al mondo che per la speranza in sé.

Non che mi fossi già dimenticato di Le Freak, una volta tolto dal gozzo, anzi, ci pensavo e ripensavo tutto il giorno. Soprattutto la notte e la mattina, sotto le lenzuola sudate. Irrompeva nella testa, nella memoria e fra le gambe con quel misto di positivo e negativo che mi annodava le viscere, fino a lasciarmi fisso sul soffitto, con le mutande calate. Però... però... c'era qualcosa che mi tratteneva.

Faceva parecchio caldo in quei giorni, le magliette si appiccicavano agli schienali dell'auto e i jeans bruciavano natiche e cosce, sui sedili in similpelle. Neanche mi stavo rendendo conto che si trattava delle ultime mie vacanze da studente. Non per Virgilio e Flavio, ma per me sì. Forse era anche per quello che mi ero dato alla pazza gioia, svegliandomi d'un botto e ruzzolando dal letto.

«Ma sei sicuro che ci troviamo qualcuno?» Flavio non era sicuro di trovarci qualcuno, dato che era sabato e secondo lui la gente era nelle discoteche estive, all'aperto, mentre io ero convinto che proprio in quel giorno della settimana i folletti e gli gnomi nel rustico non sarebbero mancati; tuttavia ritenevo che Flavio fosse insicuro in generale, perché, se quella faccenda stava facendo traballare la terra sotto i piedi a me, figurarsi al democristiano col cervello frazionato. «E codesto Fulmine non sarà infrascato e intontito in qualche cespuglio?»

O forse Flavio avrebbe voluto essere già a casa per prepararsi spiritualmente a un'uscita discotecara che volevamo fare anche noi. In genere ci raggiungeva dopo aver fatto visita alla fidanzata, per il caffè, convinta che lui se ne andasse a letto. Un etero molto ma molto medio da filmetto di serie B, in quel senso, ecco. Ma sentivo che spiritualmente quella sera non avevo voglia io.

In ogni caso, dovevamo rientrare prima che facesse buio, perché quella strada di notte sarebbe andata ben oltre i film dell'orrore, con gli spettri di qualche catarifrangente sputato qua e là in curva, fra un guardrail arrugginito e uno strapiombo a picco nella valle.

«Male che vada andremo a cercare il comunista sul monte.» La risposta di Virgilio mi parve troppo avventata; del resto lui era socialista, sicché se un po' mi dava noia e un po' mi appoggiava non era una novità.

Appressandoci alla radura che ospitava la comunità, notai la Gran Turismo rossa parcheggiata poco più avanti, nonché altri mezzi qua e là. Davanti al rustico già c'era un bel brulicare di persone e non mi andava di far vedere a Virgilio e Flavio cosa sarebbe successo di lì a poco, quello che era successo pure a me; così speravo che la faccenda si risolvesse in maniera rapida e indolore, anche perché l'idea di ritrovarmi lucido davanti a Le Freak insieme ai miei amici mi metteva a disagio. E al tempo stesso sarei voluto rimanere di nuovo da solo con lui.

Un gran casino, insomma.

Quando ci scorsero arrivare tutti insieme in pompa magna, Alessandro e Fulmine, sempre dietro come Igor col dottor Frankenstein Junior, si unirono a Le Freak, che mi stava venendo incontro sorridente e luminoso come nel giorno in cui c'eravamo conosciuti.

«Mi auguro siate passati voi a riprendere il motorino» esordì burbero Frankenstein, «perché noi non lo abbiamo più visto e non c'entriamo nulla.»

Avevo dimenticato la precedente indelicatezza di Virgilio.

Virgilio, che scosse il capo alzando una spalla e guardandomi come si può guardare il condannato sulla sedia elettrica. «Dai, facciamola breve, tira fuori la foto.»

Deglutii amaro, trassi la fotografia dalla tasca sul retro dei jeans e decisi di mostrarla a Igor. «È lei che hai visto tutta insanguinata?»

Fulmine si portò un palmo alla bocca e sbatté le ciglia a più riprese, fisso sulla foto. «Grazia» mormorò, piano.

Bum!

Il tempo si spezzò per un istante e mi venne voglia di piangere.

Perché tutto quello significava tante cose.

«Come fa a sapere...» Accigliato, Alessandro scrollò Fulmine su una spalla, ma quello continuava a fissare la foto che ancora gli tenevo davanti. Le dita mi tremavano, non osavo muovere il resto. Neppure un neurone. «Hai raccontato anche a lui quella cazzata?»

Fulmine scosse ripetutamente il capo, guardandolo a occhi spalancati, mentre quelli di Alessandro si riducevano a due piccole e insidiose fessure, che si posavano un poco alla volta su tutti noi. «Volete spiegarmi cosa sta succedendo?»

«Lui è il radioamatore!» sbottò Flavio, tutto contento. «L'ho riconosciuto dal vocione.»

A quel punto non ci fu bisogno di spiegare un bel niente. Il silenzio calò tutt'intorno, i ragazzi che circolavano per la radura s'infilarono nel rustico, un ammasso di nubi si stava addensando sulla testa del capobranco, che decifrava il rebus, e qualcun altro trasse le sue conclusioni: «Era per questo che giravi per qui.»

Mi voltai verso Le Freak, e il suo sorriso non più radioso bensì amaro mi fece un po' male. Mi vedevo ancora ballare nel bosco, tra le luci psichedeliche, e poi avvinghiato al suo corpo caldo e affamato, e al tempo stesso sentivo che quello che mi stava succedendo era più grande di me, che forse non avrei risolto un bel niente, ma che perlomeno stavo facendo il possibile per non diventare il cretino che ero apparso a Virgilio la mattina in cui era venuto a recuperarmi.

«Io voglio solo sapere se quell'uomo che vive da solo nel casolare può entrarci qualcosa, se sapete qualcosa, non vi sto accusando di niente.»

«Chi?» La smorfia di Alessandro mi sarebbe apparsa comica, se solo il contesto fosse stato diverso.

«Il gigante tra le fiamme.» Così mi rivolsi di nuovo a Fulmine. «Quando ti sei guardato intorno lo hai visto, si conoscevano, andavano d'accordo? Puoi dirmi qualcosa che non so?»

«Sembra che tu sappia già tutto» interloquì ancora Alessandro, con uno sbuffo sdegnato e un'alzata di spalle e sopracciglia, lo sguardo altrove, come a distrarci tutti quanti.

«Il gigante tra le fiamme...» mormorò Fulmine, fissando la foto che mi stavo rimettendo in tasca. «Il giorno dopo.» Poi prese a muoversi con i suoi caratteristici piccoli scatti da psicopatico. Senza ridacchiare, però. E si aggrappò alla vita di Alessandro, come un cucciolo alla mamma, o un servo al padrone.

Solo allora intuii il tipo di esperimenti che il dottor Frankenstein conduceva con Igor.

E solo allora ricordai gli sfumacchi fra le sterpaglie che avevo intravisto la prima mattina in cui mi ero recato in quel posto, quella in cui Fulmine mi aveva parlato delle fiamme.

«Quella mattina aveva fatto un falò? Stava bruciando qualcosa? Qualcuno?» lo incalzai.

«Gli davano noia i rumori.» Il *Disco Inferno* che si sarebbe scatenato quella notte. I rumori. Davano noia solo al comunista vecchio stampo in cima al monte. Avevo già tutto in mano, solo che non volevo guardarlo. Altro che inferno... Quella di cui parlavano nella radio era davvero la mia Grazia. Ma ora... ora volevo... «Ogni tanto veniva a brontolare.» Fulmine si mise a singhiozzare come un bambino ritardato e Alessandro prese a strattonarlo inutilmente per farlo chetare. «Io lo vedevo che lui la guardava e lei non lo voleva.»

Mi sarei messo a piangere anch'io, e invece urlai: «Allora l'ha ammazzata, l'ha portata via e poi ha bruciato il corpo!» Infine mi fissai su Alessandro: «Portami da lui.»

«No, Sergio.» Virgilio e Flavio mi stavano tenendo fermo per le spalle, ma io mi dibattevo da tutto quel casino che avevo nel cervello. «Faresti meglio a tornare dalla polizia.» Era Virgilio, sì, era la voce di Virgilio. «Così sentiranno anche loro e...»

«Tu non dirai un bel niente» ci interruppe Alessandro, secco e deciso. Ora non lo vedevo più come un modello del *Postal Market*. Ora emanava la tipica bruttezza che esce dalla merda che sei dentro.

In tutto quello, parlava solo lui, mentre Le Freak si era ammutolito nel momento in cui mi aveva detto quella cosa, anche se era rimasto lì. E io non capivo come mai non avrei dovuto dire un bel niente.

«Perché?» urlavo ancora.

«Perché non risolveresti nulla se non ci sono prove. E io non voglio attirare attenzioni su questo posto, già rischiamo grosso, e se i miei vengono a sapere una cosa del genere ci fanno sgomberare.»

Alessandro aveva parlato tutto d'un fiato e tutto d'un orecchio io lo avevo ascoltato. Quello stronzo. Quella merda. Non c'entrava un cazzo l'avere o il non avere prove. A lui interessava solo che paparino e mammà non gli facessero sgomberare il rustico. *Rivoluzionari dei miei stivali...*

«Sei un vigliacco!» Gli sputai addosso. «Vaffanculo!»

Detto fatto, lui addosso mi ci si buttò tutto intero, ed era parecchio più ingombrante di me, sicché, nel parapiglia che si creò, io mi presi un cazzotto sullo zigomo e Le Freak una ginocchiata nelle palle da Virgilio.

Flavio sembrava un pesce fuor d'acqua.

Rimanemmo a fissarci ancora un po', come comparse precipitate dal nulla su un set western, mentre nella mia testa si formava l'idea per cui non rimaneva molto da fare.

Se non fossi riuscito a far cantare il gigante, la polizia avrebbe infine preso tutti i miei discorsi come i vaneggiamenti di un invasato, ed ero già sulla strada buona.

«Io credo che sarebbe meglio tornare a casa e ragionarci con calma.» Virgilio aveva ragione. Virgilio aveva sempre ragione. Quello di Alessandro era un delirio di onnipotenza bello e buono.

Riguardo le visioni di Fulmine, avevo tante prove quanto quelle sulla trasmissione radio, e lì pareva che nessuno avesse voglia di cantare. Avrei scatenato un putiferio fra la mia parola e la loro. Figli di papà. Che, a differenza di me, avrebbero di sicuro potuto permettersi ottimi avvocati. Forse era davvero meglio ragionarci con calma ed escogitare un modo per mettersi in contatto col gigante e smascherarlo.

Il gigante...

Fulmine che mormorava "Grazia." Il tempo che si spezzava. La voglia di piangere.

Perché tutto quello significava tante cose.

«Portatemi a casa.» Quando parlai, mi sembrò che la mia voce fosse quella di un altro, rispetto a quella che aveva urlato fino a poco prima, e mi incamminai triste e confuso verso la 126, un braccio che si agitava nell'aria, come a cacciare insetti e discorsi, l'altra mano che correva a grattarsi una tempia, quasi a cercare di afferrare il senso della mia fuga. Mi veniva da toccarmi anche lo zigomo, perché dopo la confusione cominciava a dolere, però ero frastornato pure dall'occhio che voleva chiudersi. Si sarebbe gonfiato. Meritavo il livido. Ero stato un idiota. «Voglio andare a casa.»

E stavo per aprire lo sportello, sentivo i passi degli altri che mi seguivano, neanche m'interessava di vedere se Alessandro e Fulmine fossero rimasti al loro posto, quando mi sentii afferrare per la vita, e capii benissimo di chi si trattava.

«Non ti va di rilassarti con me?» Gettai il capo all'indietro, sulla sua spalla, più esausto che smanioso, il respiro di lui sul collo. «Poi ti riporto in giù io con la Giulia.»

Quella sensazione e il ricordo di quanto successo erano invitanti, tuttavia non me la sentivo proprio di rimanere lì, vuoi per la situazione in generale, vuoi perché avevo bisogno di riflettere, come giustamente aveva detto Virgilio, vuoi perché rimanere lì di notte con Alessandro nei dintorni non mi sembrava più allettante come prima. Il saperlo alle mie spalle mi avrebbe messo continuamente all'erta.

«No, lui viene via con noi.» Mi sentii strattonare da Virgilio, quasi che col mio gettare il capo all'indietro avessi dato l'impressione di voler scopare lì, contro il cofano della 126. Le Freak si era allontanato di qualche passo, tanto che non dovette sentire quando Virgilio mi bisbigliò nell'orecchio: «Lo devi scoraggiare, te lo devi levare dalla testa, questa gente non fa per te, lo capisci?» Annuii più stordito da tutti quei respiri sul collo in una volta sola che per rispondere al "capisci?". «E poi tu non lo conosci nemmeno» riprese a urlare Virgilio, rivolto a Le Freak. «Lo sai che il suo piatto preferito sono i fagioli rossi di Lucca, con la salsiccia?» Rimasi di stucco. Che cosa assurda e buffa da dire in un momento come quello... Però mi fece piacere sapere che lui se ne ricordava.

E rimasi ancor più di stucco quando mi sentii baciare.

Non era Le Freak.
Era Virgilio.

Nel subbuglio, mi rendevo conto del fatto che non mi stava baciando perché mi voleva baciare, certo, lo stava facendo per far capire a Le Freak che stavamo insieme, che era geloso, che doveva farsene una ragione e lasciarmi stare, così io a mia volta mi sarei pian piano allontanato da quel posto malefico e mi sarei salvato l'anima; lo stava facendo, con quel gesto per lui estremo, per spronarmi a comprendere quanto fosse assurda tutta la situazione in cui mi stavo ficcando; un bacio a mo' di cazzotto nel muso, uno schiaffo al paziente privo di sensi, via; però mi dicevo anche che quello era molto più caritatevole di un immedesimarsi in qualcun altro per sostenere che ero un arrizzacazzi, che Flavio ci stava guardando, che il cofano della 126 davvero non era male, e che... boia se baciava bene!

Gli avvinghiai le braccia intorno al collo, lieto di essere stato invitato a recitare quella parte, e rimandai al futuro la decisione di allontanarmi o meno del tutto da quel posto malefico, nonché di salvarmi l'anima.

Quando si staccò ci rimasi male, e stetti a fissarlo per qualche istante, cercando di sovrapporre l'immagine di lui a quella di Le Freak nella famosa notte di fuoco, fino a ricollegarmi al presente e ribadire con me stesso che per il momento era meglio andarsene.

Per sfogarmi e tenere la mente impegnata, da tanto che mi si era scatenato un pandemonio tra meninge e meninge, impiegai tutto il tragitto di ritorno a imprecare contro Alessandro, mentre né Virgilio né Flavio fiatavano.

E a imprecare fra me e me continuai pure una volta rientrato in casa, quando il babbo accolse festoso il mio zigomo tumefatto quasi fosse un virile trofeo di guerra.

Mangiai con gusto. Declinai l'invito di Flavio ad andare con loro in discoteca. Mi addormentai senza pensieri e mi svegliai con mezza faccia tumefatta e l'uccello pronto per una fantasticheria su un'ammucchiata.

Stessa solfa pseudo-serena per tutta la giornata successiva: trascorsi l'intera domenica a bivaccare, premendomi a fasi alterne del ghiaccio sullo zigomo dolorante, svuotando la mente, i testicoli, facendo finta che non fosse successo nulla, assopendomi, mangiucchiando e ascoltando musica. In tv non c'era neanche una partita per la pausa estiva, e in quell'anno di passaggio avevamo depennato pure il mare con i nonni. Forse non ci saremmo più andati con regolarità, perché in seguito avrei cominciato a fare i cavoli miei per conto mio.

Fulmine che mormorava "Grazia." Il tempo che si spezzava. La voglia di piangere.

Perché tutto quello significava tante cose...

Poi, a poco a poco, dai meandri della mia materia grigia, si fece strada quella cosa su cui avrei dovuto ragionare con calma, una tattica per far cantare il gigante, e decisi che era la volta buona per prendermi un po' di tempo per me stesso; per farmi quella barba che cominciava a pungere, badando a non ammaccarmi ulteriormente; per uscire, costruire strategie in testa come castelli in aria, e pure quella per leggere il famigerato libro di Foucault.

Non avevo fatto i conti con tutte le cose su cui avrei ancora dovuto cominciare a ragionare, però; così, quando quel lunedì mattina mi ritrovai davanti Le Freak, il cuore mi si incastrò tra le tonsille.

Mi diedi un'occhiata intorno come se fossi un agente del KGB che aveva appena visto 007 sfrecciare su una Lotus. La Biblioteca Comunale non era lontana, la giornata si mostrava soleggiata e rutilante, la gente andava e veniva per le vie, ignara della Fiera dell'Est che avevo nel cervello. Potevo farcela.

«Una domanda qua, una là, alla fine sono riuscito a beccarti» mi disse, perplesso ma divertito. «Come va codesto?» domandò poi, ammiccando con un cenno del mento verso la mia faccia.

«Non sono in fin di vita.» Lui sorrise, e io presi un profondo respiro, perché quel sorriso ahimè proverbiale non ci voleva, a quell'ora, in quella dimensione, e con tutto quello che dovevo ancora rimettere al suo posto. «Grazie.»

«Potevi dirmelo che avevi un rapporto esclusivo e non volevi che lui sapesse di noi.»

In realtà non mi intendo molto di queste cose.

«Dovrei andare in biblioteca» sbottai per tutta risposta, incamminandomi. Il suo accenno diretto alla nostra specie di storia, dopo cazzotti e domande qua e là, mi aveva destabilizzato.

«Io non posso lasciare che finisca così» insisté lui, lievemente lagnoso. «Potresti almeno concedermi una chiacchierata davanti a un caffè?»

Mi stava camminando accanto. Faceva il gradasso che si spupazzava mezza provincia e poi ci rimaneva male se ero impegnato e voleva che gli concedessi qualche minuto. Da un lato mi lusingava, mi inteneriva, dall'altro mi faceva cascare le braccia, perché forse l'avevo un po' idealizzato. In ogni modo, se fosse stato per me, io me lo sarei anche scopato di nuovo. Lì. In mezzo alla strada, come un ebete o un arrizzacazzi. Lui non sapeva che quanto aveva inscenato Virgilio non era vero. Il punto era che avevo bisogno di rifletterci su, merda! Su Grazia, su Alessandro, sul gigante, sulla polizia, su di lui, su... su... Non capivo nemmeno bene il perché, ma dovevo riflettere prima di continuare a sprofondare nel macello privo di sensi. Anche senza gli schiaffi del medico premuroso. Punto.

«Devo davvero andare.» Cioè, in pratica eravamo già arrivati.

«D'accordo, se non è una scusa, mi trovi lì fino verso l'ora di pranzo» replicò, indicandomi i tavolini all'aperto del chiosco bar interno al giardino della biblioteca.

Se non è una scusa...

E perché mai avrei dovuto trovare delle scuse, se in verità avevo ancora voglia di scoparmelo?

Né a questa né nessun'altra delle domande che si dibattevano nel mio cervello risposi nell'arco della mattinata, giacché usai pure Foucault come un'arma di difesa. Non ce l'avrei fatta a leggerlo tutto in una volta, sebbene il testo fosse breve; scorsi per il momento solo la prima parte e mi soffermai sulle frasi che qualcuno già aveva sottolineato, facendo in modo di rimanere per tutto il tempo nei pressi di una finestra da cui vedevo Le Freak.

Se ne stava lì, da solo, quando a bersi un caffè, quando a spilluzzicare un tramezzino, e allora mi fece tenerezza davvero, mi sentii stronzo, perché dentro di me avevo già capito che Virgilio aveva ragione, che io non avevo assolutamente intenzione di invischiarmi più con quella gente, che la priorità per me era capire se per la storia di Grazia avrei ancora potuto combinare qualcosa di buono o se non avrei dovuto rassegnarmi e... e...

Insomma, il libro di Foucault in fondo non parlava di sesso, ma della gente che parlava del sesso. A quanto capii, il succo del libro era che la repressione sessuale non era così forte come si pensava, forse non era nemmeno reale, e che c'era la volontà di saperne di più. Se da un lato con l'ascesa della società borghese e capitalista il sesso era stato relegato alla camera dei genitori, che dovevano essere produttivi sul lavoro e limitare il piacere alla riproduzione, dall'altro era proprio in questo periodo che c'era stata un'esplosione di chi ne parlava, sdoganandolo: filosofi, scrittori, politici, economisti, religiosi, penalisti, demografi, che a loro volta interrogavano la popolazione, per regolare il sesso attraverso i discorsi pubblici.

Questo doppio volto storico ricomponeva in uno solo quello che avevo sempre creduto doppio nel Virgilio borghese e rivoluzionario. Forse pure il Le Freak stravagante e quello che c'era rimasto male. Io non ero un filosofo e non ero in grado di andare più a fondo nella questione, ma il sapere che in quel libro, quel libro che piaceva tanto a Virgilio, quel libro che aveva letto anche Le Freak, si parlava di omosessualità in riferimento alle repressioni sociali inerenti il piacere senza frutti, mi spinse a interrogarmi, a parlare di sesso con me stesso. Per la prima volta in vita mia in maniera seria e cosciente.

Io mi ero adagiato sull'idea che la mia vita sarebbe stata quella programmata in partenza, e così probabilmente sarebbe successo, tuttavia ero sempre stato convinto a non cedere a un fidanzamento di copertura. Piuttosto sarei morto da solo. Per decenza occorreva adattarsi a essere ambidestri? Una cosa che non riuscivo a capire, tipo i miei a cui piacevano le Sorelle Bandiera però io ero un'altra cosa.

In quella piccola città di provincia, quando si costringeva la famigerata popolazione repressa a parlare di omosessualità, si finiva con la solita frase del "In fondo anche quella è una malattia." Come diceva Foucault, era una "medicalizzazione" del tabù. Ma in ogni caso se ne parlava. La discomusic ci avrebbe davvero messo del suo? La "contronatura" non era condannata di meno, ma se non altro la si ascoltava; insomma, l'omosessualità non si sopprimeva, anzi, era ormai una "specie", una realtà visibile che veniva catalogata. In questo modo era il puritanesimo a fissare, a far esistere la diversità; era questo meccanismo stesso che assicurava la proliferazione delle sessualità più disparate, fra gli interessi economici di psichiatri e pornografi, per dire. E il mio giornalaio lo sapeva bene, anche se, per il solito discorso delle voci, non aveva certezze su quali fossero le immagini che preferivo.

Sarei morto di seghe? Non avrei mai avuto un'ampia gamma di scelta, nel mio futuro, e sarebbe stato meglio se mi fossi messo in testa di accontentarmi di quel che passava il convento.

Lì davanti c'era il ragazzo più bello che avessi mai visto in vita mia, non ne avrei trovato un altro così, mai più, di sicuro; eravamo stati bene insieme, mi aveva fatto provare sensazioni elettrizzanti che ancora sentivo sottopelle. Ma io non ci stavo. Non mi accontentavo. Sentivo che quella persona non faceva per me e non volevo accontentarmi, a costo di rimanere solo.

Non dovevo ragionare nell'ordine di idee che mi avevano inculcato nella capoccia sin da piccolo. Se le possibilità, da gay, lì, erano minori, non era detto che io dovessi agire in una maniera che non mi andava, sia in riferimento ai fidanzamenti di copertura che già avevo depennato, sia riguardo quel che passava il convento.

Rimasi lì seduto fino all'ora di pranzo.

Incrociai per un attimo lo sguardo di Le Freak che si alzava e se ne andava.

Mi sentii triste, ma convinto.

Ancora non sapevo che quell'appostamento mi avrebbe salvato dalla grana delle grane.

10.IF I CAN'T HAVE YOU

«Quando è arrivata l'ambulanza, hanno potuto solo constatare il decesso. I pochi abitanti del posto non sono riusciti ad aiutarci molto. La chiamata è arrivata da un gruppo di ciclisti.» Il poliziotto batté il rovescio della Bic sul ripiano della scrivania e mi scrutò torvo. «Però era due metri e venti.»

All'invito di presentarmi in caserma, il babbo aveva alzato le sopracciglia, mentre la mamma aveva insistito per venire con me, tuttavia ero riuscito a convincerla a rimanere a casa a mangiarsi la minestra, col babbo, io in qualche modo mi sarei arrangiato, anche perché, dati i presupposti, non sapevo cosa stava per succedere. Magari volevano dirmi che avevano ritrovato Grazia, morta, o che comunque c'erano stati degli sviluppi, e non intendevo scombussolarla prima di essere venuto a capo della questione. Già batteva forte il cuore a me, figuriamoci lei...

Solo che lì dentro mi stavano parlando di un uomo che era stato ritrovato sul ciglio di una strada del Serra, non troppo lontano da "Le Freak." Investito da un pirata della strada.

Sul momento mi era preso un colpo lo stesso, poiché, se di certo quel corpo non era appartenuto a Grazia, avrebbe potuto trattarsi di qualcun altro di mia conoscenza. Ma due metri e venti... E poi tutto era assai diverso da quello che vedevo nei film e nei telefilm e, se da un lato i poliziotti erano cerimoniosi e artificiosi, sia nel parlare sia nel gesticolare, dall'altro mi parevano anche più imbranati e impacciati di me, imbrigliati in quell'intrico di casualità. Da barzelletta, insomma. Ce n'era persino uno che stava stendendo un per me misteriosissimo verbale, dato che in pratica non avevo detto una cippalippa. E meno male che non erano carabinieri...

Perché si trattava di una casualità, vero?

«Di cosa stiamo parlando, di preciso?» Più o meno lo avevo intuito, ma c'era pure da capire dove volessero arrivare. «Di chi?»

«Di quello che non risultava nemmeno dal censimento.»

Inspirai profondamente corrugando la fronte e mi adagiai contro la spalliera della poltroncina nel disperato tentativo di rosicchiarmi un'unghia prima che la casualità rosicchiasse me.

«Vi state ricredendo sul caso di mia sorella?»

«Su sua sorella possiamo dire che non ci sia un caso, dato che non c'è il cadavere.»

No, non eravamo sulle tracce di una ragazza appena scomparsa, con indizi freschi a disposizione, ma di una tizia sbandata sparita in pratica da anni, e stavolta da settimane, mesi, di sua spontanea volontà, perché andava e veniva senza aver mai dato il minimo cenno di sentirsi in pericolo, anzi. A quanto avevo capito, il fascicolo relativo alla scomparsa esisteva, ma era evidente che nessuno avesse intenzione di condurre una ricerca, delle indagini mirate almeno contro ignoti, giacché lei avrebbe potuto essere davvero in un campo di papaveri per un allontanamento volontario, dati i precedenti.

Mi sentivo come Don Chisciotte contro i mulini a vento.

«E quindi?»

«E quindi volevamo sapere dove si trovava questa mattina tra le dieci e mezzogiorno.»

Boia! Diventava un telefilm d'un botto? Come io che ruzzolavo dal letto?

Comunque ce l'avevo, eh, eh... Così gli rimandai un sorriso compiaciuto, aiutandomi con dei brevi cenni affermativi del mento. «Credo possiate domandarlo a un sacco di gente in città e tutti vi risponderanno che ero in biblioteca.» Poi mi strinsi nelle spalle, alzando le sopracciglia. «Io neanche ce l'ho la macchina.» Quello mi guardava lo stesso con aria sospettosa. Ma che aveva al posto del cervello? «Credo che dovreste parlare con qualcun altro.»

«Ha qualche sospetto in particolare?»

E glielo dovevo dire io? Mi sembrava di aver già combinato abbastanza, per fare quanto avrebbero dovuto fare loro.

«Ma...»

In tutto quello cercavo di riacciuffare le idee perlomeno dentro di me: il gigante tra le fiamme era morto, il comunista vecchio stampo che forse era l'artefice della morte di mia sorella non c'era più. Per me, benché l'ipotesi fosse suffragata solo da Fulmine, erano la stessa persona. Cercavo di immaginare i ciclisti che lo vedevano steso per terra. Qualcuno rimaneva lì. Qualcun altro si lanciava in corsa alla ricerca di quella cabina telefonica che per me, a piedi, nel fatidico giorno in cui mi si era fermato il motorino, sarebbe stata ostica da raggiungere.

Ma tanto era già morto.

Avrei dovuto mettermi a saltare di gioia, vendetta era stata fatta, per giustizia divina, tuttavia stavo pensando che adesso le prove sarebbero state ancora meno e che quel famigerato caso era davvero assurdo. Se io e Le Freak non potevamo essere stati di sicuro, e non mi sarei perso comunque nell'ipotesi romantica che lo vedeva vendicarsi per me, Alessandro aveva i suoi buoni motivi per mettere un punto fermo a tutta quella storia.

«Abbiamo già ascoltato i proprietari del rustico di cui ci ha parlato, e con loro in particolare il figlio, ma sembra che anche alla comunità nessuno si sia accorto di niente perché a quell'ora...» E buttò gli occhi al cielo come quando entrava la famigliola "Al lupo! Al lupo!". «A quell'ora dormivano.»

Be', il mio alibi era di certo migliore, e avvalorato da persone che non erano miei familiari, ma ti pareva che il damerino non mi avesse preceduto? Magari sperava davvero che io c'entrassi qualcosa con la morte del gigante e voleva far ricadere la colpa su di me, per levarsi dai piedi il fratello della morta. Del resto, lui avrebbe potuto permettersi il predetto ottimo avvocato. In più, nella testa dei poliziotti – di sicuro amici di paparino – non sussistevano ragioni per includere Alessandro tra i sospettati.

L'unico che avrebbe voluto ammazzare il gigante ero io.

Col cazzo! E ora come lo avrei costretto a cantare?

Fulmine che mormorava "Grazia." Il tempo che si spezzava. La voglia di piangere.

Perché tutto quello significava tante cose...

Eh, però, se una ragazza morta a "Le Freak" avrebbe potuto far imbestialire paparino, anche quest'altra storia lo avrebbe messo sul chi vive. Forse Alessandro avrebbe arrotato pure me, se mi fossi messo a sciorinare una delle mie solite storie senza alcun fondamento. E, se dentro di me già avevo deciso di non sciorinare un bel niente, non era per omertà, ma perché in fin dei conti ero convinto che davvero si fosse trattato di un caso.

Così.

La vita funziona così.

Il comunista di due metri e venti si era messo a camminare troppo in mezzo alla via, su una strada pericolosa, ed era stato messo sotto; infine l'automobilista distratto o sfortunato era scappato perché tanto nessuno lo avrebbe mai trovato.

Per mettere un punto fermo a tutta quella storia, Alessandro aveva bisogno quanto me che il gigante vivesse. Io perché avrei voluto raccogliere altre prove, lui per non attirare attenzioni sulla casa.

«Potete informarvi, come vi ho detto.» Già, nella testa dei poliziotti, non sussistevano ragioni per includere Alessandro tra i sospettati, così come Le Freak. A lui l'alibi sarebbe servito solo nella mia mente. E il mio, per me, poteva bastare.

«Che cosa ha fatto, lì?»

La voce insinuante del poliziotto mi bloccò nel vano della porta, proprio mentre stavo uscendo, e notai che stava dondolando un indice in direzione del mio zigomo. Ero talmente concentrato che per un po' non avevo più avvertito nemmeno il dolore, che del resto stava già cominciando a scemare, per quanto il livido apparisse ancor più vistoso e coloratissimo. «Ah!» E ora? «Niente che abbia a che fare con questa vicenda.» Avevo appena mentito alla polizia. C'era solo da sperare che Alessandro non si fosse presentato con una benda intorno alla mano, perché anche in quel caso pure lui avrebbe avuto tutte le sue buone ragioni per farlo passare come un dettaglio irrilevante, ai fini della storia. E lo era, ma il poliziotto ormai mi guardava come se il cattivo fossi io.

Avrebbero avuto le loro risposte in biblioteca.

In definitiva, quell'appostamento mi aveva salvato, ma le indagini non procedevano, perché il cadavere di mia sorella non c'era, i collegamenti tra lei e il morto pure, dato che ormai non avrebbe potuto parlare, né l'unica testimonianza – Fulmine era davvero in grado di testimoniare? – sarebbe stata ritenuta attendibile. Ogni dettaglio appariva scollato, nessuna prova, e il tutto si riduceva a un pirata della strada.

Chi volevo che pagasse era morto.

Ma al tempo stesso non avrebbe cantato più in merito alla faccenda di mia sorella.

Chicchirichì...

***

Alessandro ebbe le sue grane lo stesso, perché, come avevo previsto, se una ragazza morta a "Le Freak" avrebbe potuto far imbestialire paparino, anche quest'altra storia lo avrebbe messo sul chi vive. Erano saltate fuori un bel po' di voci, da quando mi ero sentito di urlare al mondo quella vicenda, e qualcosa stava cambiando, dentro e fuori la città, dentro e fuori di me.

Un dualismo, una doppiezza vitale che ritrovavo di giorno in giorno nel libro di Foucault che stavo finendo di leggere: da una parte le condanne al rogo per sodomia, il silenzio, la mancanza di proteste; dall'altra la tolleranza dedotta dalla scarsità di queste condanne, il comparire di discorsi sull'omosessualità, che si metteva a parlare di se stessa, che rivendicava la sua legittimità e naturalezza, con gli stessi vocaboli attraverso cui la medicina la screditava.

"Malati", "anormali", "perversi", "fuorviati", "invertiti", "degenerati", "deviati", "infermi", "patologici", e soprattutto "improduttivi", "fraudolenti della procreazione." Un razzismo di Stato. Per i ricchi e per i poveri. Contro la minaccia di una discendenza tarata. La borghesia si affermava trasformando il sangue blu in corpo sano, e in seguito faceva in modo che si affermasse il proletariato, per le urgenze economiche di convivenza e sfruttamento. Di repressione.

Ma, se il corpo a cui venivano assegnati certi vocaboli non si riproduceva, veniva comunque valorizzato come oggetto di sapere ed elemento in questi rapporti di potere, proprio catalogandolo, differenziandolo, specificandolo, ammettendone l'esistenza grazie alla parola. Non era vero che di queste cose non si poteva parlare, se ne parlava eccome, benché in maniera diversa da quella che avrei voluto io. Era tutto quel dispositivo che ci faceva credere che ne andasse della nostra "liberazione", perché eravamo già più liberi di quello che credevamo.

Sì, qualcosa stava cambiando, si stava raddoppiando, o forse dividendo, dentro e fuori la città, dentro e fuori di me.

Il giorno in cui sgomberarono "Le Freak" è lo stesso in cui Virgilio venne a dirmi che stava per partire per Roma.

«Così? D'un botto?» Risi, isterico. «Guarda che poi ruzzoli dal letto.»

Invece ci ruzzolai sopra io, sedendomi all'indietro.

Lui si strinse nelle spalle, richiudendo la porta della mia camera, e trasse di tasca il pacchetto di sigarette. Se ne fece scivolare una su un palmo e se l'accese in silenzio mentre io cercavo di ricapitolare le idee.

«Vuol dire che ci hai pensato bene» lo incalzai. Ancora stentavo a credere che tutto non sarebbe stato più come prima, che io sarei andato a lavorare in fabbrica alla fine dell'estate e che Virgilio sarebbe stato a studiare a Roma. Fortuna che almeno Flavio rimaneva ma, date le svolte, c'era il caso che da lì in avanti passasse più tempo con la fidanzata. Per non parlare del militare...

«E tu hai pensato più a quella faccenda?»

«Certo che ci penso.» Mi strinsi nelle spalle anch'io. Mi dava fastidio che non mi stesse guardando e che stesse continuando a vagare per la stanza concentrato sulla cicca. «Ma dopo quello che è successo e con quello che ho in mano, per ora mi risulta difficile combinare di più.»

«Quello stronzo che ti ha minacciato si è più fatto vivo?»

«Per ora no, non credo che gli convenga.»

«Bene.» Annuì fra sé, scostando lievemente le tende, per poi tornare a vagare con una mano in tasca e una a tenere la cicca. «E il fighetto?»

«Il fighetto cosa?»

«Lui lo hai più rivisto?»

«Sì.» In realtà quella volta alla biblioteca era stata l'ultima, ma mi ero vergognato di raccontarlo a loro. «Voleva parlare.»

«Che vi siete detti?»

«Niente.» Scoppiai a ridere, poi pensai che lui avrebbe creduto che, se non ci eravamo detti niente, era stato per tutt'altri motivi, rispetto alla storia di quel che passava il convento e bla, bla, bla. «Comunque stai tranquillo, non mi creerà problemi in riferimento a tutta quell'altra faccenda.»

«Perfetto.» Sembrava una madre chioccia che voleva intendere "così me ne vado tranquillo", ma continuava a non guardarmi, ora si era fermato, e cambiava posizione di continuo, appoggiandosi quando su un piede, quando su un altro. E quello mi metteva a disagio. Tantissimo. Anche perché, se non avevo avuto il coraggio di parlare di quella mattina alla biblioteca, figurarsi se ce lo avevo per fare qualche battuta su quel bacio rubato sul cofano della 126.

E poi, perché avrei dovuto fare qualche battutina? Chissà come mai, mi fissavo di nuovo sulla costola della colonna sonora di *Saturday Night Fever*, infilzata nell'ammasso di dischi stipati l'uno accanto all'altro, come una spada nella roccia da estrarre per acquisirne potere, per distinguermi dalla banda di disadattati superficiali del film, per fare come il protagonista, inventarmi qualcosa di diverso e meritarmi di meglio, e mi pareva di sentire in lontananza *If I Can't Have You* di Yvonne Elliman, mentre di Le Freak non m'importava un cazzo.

«Allora vado.» E Virgilio si diresse verso la porta.

«Ma...»

Così? In fretta e furia? Quante cose aveva mai da fare? Altro che ruzzolare dal letto...

Avrei voluto dirgli che avevo letto Foucault; che avevo ricomposto il suo volto mezzo borghese e mezzo rivoluzionario; che avevo spezzato in due quello incoerente di Le Freak; che non mi fregava un accidente di chi pensava che l'omosessualità fosse una malattia; che la vita era una grande organizzazione, e fra le tante era in grado di riprodursi, e se c'era chi vedeva solo nel meccanismo della riproduzione la matrice, l'essenza della vita stessa, per me avrebbe anche potuto estinguersi; che non m'importava di sapere se Amanda Lear fosse un maschio o una femmina, che... qualcosa, finanche solo una cazzata, boh. Ma non feci in tempo o non ne ebbi la prontezza.

Fu solo sulla porta che mi guardò infine negli occhi.

«Magari ci vediamo a dicembre, quando torno per le feste.»

Io annuii e, dopo la sequela di immani cazzate fatte negli ultimi giorni, feci la più grossa di tutte: lo baciai sulle guance.

E lui se ne andò.

Altro che feste...

Non lo rividi per vent'anni.

11.RING MY BELL

«Mio padre ha un amico giornalista che lavora per la cronaca locale, se vuoi ti ci metto in contatto.»

Mi faceva un effetto stranissimo ritrovarmi nello stanzino di Flavio senza Virgilio. Sembrava che lui l'avesse presa molto meglio di me. Per il nostro amico si trattava di una grande occasione: andare a vivere in una metropoli, l'essere appoggiato dalla famiglia in questa nuova esperienza, studiare quanto aveva sempre amato, farsi una vita diversa, migliore, e chissà quante altre cose ci avrebbe raccontato, telefonandoci.

Anch'io da un certo punto di vista la pensavo così, volevo pensarla così, per il suo bene, ma, nel mio piccolo mondo abitudinario, ultimamente erano già successe troppe cose che mi avevano scombussolato l'esistenza senza tuttavia cambiarla, per puro paradosso, e quell'assenza, quella mancanza, oltre a Grazia, non ci voleva proprio.

«Se davvero le cose sono andate come penso, il colpevole ha già avuto la fine che si meritava» replicai per tutta risposta. «A che servirebbe mai?»

Le radio sfrigolavano, rimandavano suoni, suoni che mi apparivano musica, trilli, squilli, e io immaginavo il telefono che suonava nel corridoio, con la mamma che mi urlava che era Virgilio, e lui di là che mi raccontava di un altro pianeta che non avremmo mai potuto condividere. Anita Ward mi riecheggiava nella testa con *Ring My Bell*, trilli e campanelli. Io a lui ero mancato?

«Dopo tutto quello che è successo, credo che saresti un grandissimo coglione a lasciar perdere.»

Flavio aveva ragione, sebbene fosse un democristiano frazionato. Ma cos'altro avrei potuto fare?

Adesso ero concentrato sulle mie mani, che non erano ancora tatuate di nero, ancora non puzzavano quanto l'intero stanzino, però avevano già cominciato a provare quello che il mio futuro avrebbe significato per me: catene, turni di notte e una vita ancor più abitudinaria e ripetitiva di quello che avevo immaginato.

Quando mi stendevo sul letto per dormire o riposare, e sentivo rumori in strada, immaginavo che ci fossero i ragazzi di "Le Freak", a far baccano, e ora pensavo che mi avrebbero dato fastidio, non avrei provato la sensazione che si trattasse di una cosa naturale come quella mattina in cui mi ero risvegliato alla comunità, come se tutto stesse andando così come doveva andare, anzi, li avrei percepiti come degli sciocchi bambocci che nella vita non combinavano una sega perché non avevano bisogno di combinare una sega. Non da reagire come il comunista sul monte, ma tant'era...

«Lei si è ritrovata lassù, era più persa che mai, ha conosciuto quella gente che neanche le ha dato importanza, che neanche si ricordava bene chi era, perché lassù così funziona» presi a raccontare a lui o a me stesso, quasi mi stessi ripetendo una lezione imparata a memoria. «Tutto quel casino dava noia all'uomo sul monte, che oltretutto avrebbe voluto farsela. Nel corso di un litigio lui l'ha ammazzata, l'ha fatta sparire, e la mattina dopo ha pensato bene di bruciare il cadavere. A quei ragazzi non importava niente di lei, solo della casa, che hanno perso lo stesso, come quell'assassino ha perso la vita. Per caso.» Scossi il capo, incredulo, ma convinto di aver acciuffato infine la logica sequenza degli eventi, seppur inutilmente, poiché privo di riscontri. «Ma non ci sarà giustizia. Tutto finirà qui e, se il caso non è stato chiuso, è solo perché non è stato aperto. Non avrò mai certezze sulla verità, anche se mi sembra di conoscerla benissimo.»

«Ecco. Un articolo di giornale non servirà a riportarla in vita, ma, mattoncino dopo mattoncino, potremmo contribuire alla causa.» Parlando, faceva di sì col capo, come a convincermi che quanto stava dicendo fosse una buffa profezia delle sue. «E un giorno si parlerà di più delle donne maltrattate e uccise, indipendentemente dalla strada sbagliata o non sbagliata che hanno intrapreso.»

Da un lato non mi importava niente degli altri, in quel momento; dall'altro mi ritrovai a pensare per l'ennesima volta che Flavio fosse più pronto e intelligente di me. Come Virgilio.

Fulmine che mormorava "Grazia." Il tempo che si spezzava. La voglia di piangere.

Perché tutto quello significava tante cose.

Neanche Foucault e la disco mi stavano aiutando a muovere davvero il culo?

E ora invece nelle orecchie mi rintronava *September* degli Earth, Wind & Fire, come un monito di malaugurio, per quanto loro fossero coloratissimi e allegrissimi, solo che quelli ricordavano a dicembre balli e amori di settembre.

Gli anni '70 stavano per finire.

«Il mondo intero non lo saprà mai» sentenziai.

«Se lo decidi tu» mi rispose Flavio, spegnendo gli apparecchi. «E tu vuoi che lo sappia il mondo intero.»

Ne presi coscienza non appena arrivai a casa, quando quel mormorio di Fulmine che da giorni avevo nella mente, quel tempo che da qualche parte e in un certo momento si era spezzato, quel significato, mi fecero infine piangere, da solo, in camera mia.

Piansi tutto quel che non avevo pianto il giorno in cui avevamo sentito le voci nella radio, perché la sorellina con cui avevo giocato da piccolo non c'era più; piansi tutto quello che avevo rificcato nel cervello per autodifendermi, perché la Grazia che mi aveva portato al concerto di Renato, cantando *Porta Portese* a squarciagola in Vespa sull'Aurelia, non c'era più; piansi tutto quello che non avevo pianto quando avevo cercato di convincermi che la tizia coperta di sangue nel bosco non fosse lei, perché la Grazia con cui facevo i giochini al bar non c'era più; piansi tutto quello che non avevo pianto al ricordo di quello stupido indovinello su galli, galline e mutande, che non aveva senso, oppure c'era dentro tutta la libertà delle creature viventi e dei libri di filosofia, perché la Grazia che mi faceva ridere non c'era più.

Cose grosse, unite a cazzate, quelle piccolezze del quotidiano senza le quali l'esistenza non avrebbe senso, poiché adesso era chiaro in me quello che non avevo ancora voluto ammettere: qualsiasi cosa avesse detto la gente, io ormai ero certo di non avere più speranze. Se Grazia fosse stata viva, a quel punto si sarebbe fatta sentire, vedere, in qualche modo.

Grazia non c'era più.

Era morta.

Aveva perso la coincidenza per un destino felice.

Non sarebbe mai tornata e non avrebbe più fatto squillare il telefono nel corridoio.

Flavio aveva ragione. La gente avrebbe dovuto saperlo.

Non sarei stato certo io a cambiare il mondo, ma un giorno forse si sarebbe data più importanza anche a chi per qualcuno non ne aveva.

Nel mio piccolo, avrei ancora potuto fare qualcosa.

***

Probabilmente il mondo intero non lo avrebbe saputo mai, ma, almeno a livello locale, l'articolo con l'intervista che mi aveva fatto l'amico del babbo di Flavio mosse qualche coscienza. Un po' di gente, più che altro miei ex professori o conoscenti di Grazia, mi strinsero la mano incrociandomi per strada e mi dissero di farmi coraggio. Sentivo che quell'incoraggiamento non era un "fatti forza" perché di sicuro lei era morta, e lo era, ci avrei scommesso la testa – per certi versi, Grazia non era mai stata giovane, come sarebbe potuta invecchiare? – ma uno sprone ad andare avanti nella mia vita, nelle mie idee, così come stavo facendo in quel momento. Accolsi quegli incoraggiamenti con pudore, tanto che non arrivai a contattare *Portobello* come mi suggeriva Flavio, anche perché di ritrovare una persona che non vedevo da tempo speranze non c'erano, dato che ero certo del fatto che Grazia non ci fosse più. Ma i giornali... sì, potevano andare, invadenti telecamere non c'erano, e allora procedetti.

Mio padre e mia madre invece si arrabbiarono, perché tutto quello aveva attirato troppe attenzioni su di me, grigio e piccolo operaio di quartiere. Ma forse la mamma lo faceva per dar ragione al babbo davanti a me, perché io me n'ero accorto che pure lei di nascosto ogni tanto piangeva, chiusa in bagno o in camera, ed ero sicuro che non fosse a causa mia, bensì per quanto ormai aveva metabolizzato su Grazia, rassegnandosi.

Se, al di là della faccenda di Grazia, loro non mi parlavano mai apertamente di quanto avevano subodorato, e cercavano di zittire le famigerate "voci", era anche perché credevano che in quel modo mi avrebbero difeso, e in un certo senso avevano ragione, giacché di cattiverie se ne sentivano tante; come avevo capito leggendo Foucault, la gente non ne parlava ma in realtà ne parlava. E menomale che non vivevo al Sud, ma in una zona abbastanza tollerante, benché ultimamente a Livorno e Pisa fosse stato fatto del male a delle persone.

In mezzo, poi, ai settembre e dicembre che mi rintronavano ancora nel cervello, ci fu novembre, e Flavio iniziò a fare il pendolare tra qui e Pisa per l'università; di nuovo, fu proprio lui a dirmi che il 24 ci sarebbe stata la prima manifestazione autorizzata contro le violenze sui gay.

Io ci andai.

Facevo quel che potevo.

Non c'erano certo i miei vicini di casa.

C'erano però centinaia di persone, e tante di queste non si vergognavano di ostentare la loro omosessualità, la sfoggiavano quasi fosse un orgoglio. Mi sembrò di essere su un altro pianeta, come a "Le Freak", solo che a "Le Freak" non c'erano tutte quelle persone e nessuno poteva vederle.

Sia questo, sia la storia di Grazia, erano un po' uno sfogare tutto quello che mi ero tenuto dentro fino a quel momento, e quello sfogo rese meno piatta la mia esistenza, dato che proprio alla manifestazione venni in contatto con alcuni collettivi, fra cui conobbi un sacco di nuovi amici. Come me, come Le Freak, che non avevo più incrociato, ma diversi da Le Freak, e da lì in avanti mi sarebbe bastato qualche minuto di treno per sentirmi libero, senza gli occhi degli abitanti del quartiere intorno. Chissà, magari avrei trovato anche un ragazzo con cui mi sarei sentito finalmente a mio agio. L'importante era che quei sorrisi e quegli abiti multicolori mi facessero provare un briciolo di speranza in riferimento a quella che sarebbe stata la mia vita futura. Che probabilmente non sarebbe stata troppo diversa da quanto avevo immaginato, ma perlomeno più mia. Così anche a loro parlavo di Grazia, della polizia e del gigante tra le fiamme, per gridare al mondo di me stesso e di lei. Non era "Le Freak", non era una discoteca, ma mi pareva comunque la *Funkytown* dei Lipps Inc.

Tuttavia doveva arrivare la famigerata mannaia sul capo.

I miei genitori da un certo punto di vista avevano ragione a difendermi a modo loro. Io stesso sin da ragazzino, a scuola, avevo imparato a non rivelarmi troppo perché vedevo cosa succedeva a chi si esponeva. Il bullismo c'è sempre stato. Il nonnismo pure. A maggior ragione avrei dovuto continuare a far finta di nulla in quell'anno di merda che mi si prospettava.

Dopo il CAR, mi toccarono i parà proprio a Pisa. Una cosa odiosa che proprio non mi si addiceva. Se, da un lato, la vicinanza a casa in parte mi rassicurava, dall'altro la tensione si mantenne alle stelle, perché la Brigata Folgore era uno dei corpi più fascisti e dedito al nonnismo in assoluto. La merda ce la facevano mangiare in senso letterale. Mio padre stesso, di tanto in tanto, si sbilanciava nel consigliarmi di rimanere sempre insieme a qualcun altro, mai da solo, di non mettermi troppo in mostra e di mantenere un profilo basso. A un certo punto, a causa di un infortunio alla schiena – sul padule di Altopascio il paracadute non si era aperto bene – sperai quasi che mi rispedissero a casa, e invece fui costretto a procedere lo stesso.

La *Funkytown* acquistava dunque un doppio volto a sua volta, per me, e il non farmi sgamare insieme ad altre compagnie in centro fu probabilmente l'impresa più complicata della mia intera esistenza.

Finché l'incubo finì e tornai a respirare.

***

«L'altro giorno ho visto il tuo amico moretto, mi ha detto di salutarti perché i suoi lo spediscono altrove.» Quella volta io e Flavio non eravamo nello stanzino, ma al tavolino di un bar di Pisa. Io a trovare i miei amici in un orario libero dai turni, Flavio fra una lezione e un'altra. Ed era più strano che ritrovarsi nello sgabuzzino da radioamatore senza Virgilio, perché adesso il diverso sembravo io. Le Freak mi appariva come un ricordo distante, quantunque per certi versi ancora piacevole, ma il saperlo lontano non mi stava facendo male come l'ultimo saluto di Virgilio. «Ovviamente non gli ho lasciato i tuoi contatti. Non sapevo se ormai ti interessava più.»

«Hai fatto bene.» La gente mi spariva intorno, e in realtà un po' altrove ero stato spedito anch'io. «Tanto, per me, da quando andammo su, quel giorno famoso del bacio di Virgilio...»

Era la prima volta che mi scappava di bocca quel dettaglio in presenza di Flavio, ma lo guardai dritto negli occhi perché d'un tratto sentivo di avere il coraggio di conoscerne la reazione. *La volontà di sapere.*

«Non si fa sentire spesso quanto avevo immaginato.» Ebbi come l'impressione che il suo non fosse uno sviare il discorso, per vergogna, ma un non dare peso a quel bacio, come se fosse stata una cosa... normale, come se la conversazione fosse in verità incentrata su altro, così come in effetti era. «A volte, quando ho provato a chiamarlo, neanche c'era.»

«Io l'ho sentito solo una volta di recente, ed è stato frettoloso» gli rivelai. La percezione di quei tempi era che lui si fosse trasferito a New York, più che a Roma.

«C'era da immaginarselo.»

«Io non immaginavo proprio niente.»

«L'avevo intuito.»

«In che senso?»

«Nel senso che tra due maschi o fra un maschio e una femmina va sempre a finire nella stessa maniera, in questi casi» osservò, le sopracciglia sollevate con cinismo da grande. «Ci si perde.»

Ma perché stava dicendo quella cosa sui maschi e le femmine a me, in riferimento a Virgilio?

«Non ti capisco.»

«Però non è uguale se questi due maschi sono entrambi miei amici e, se con lui ormai siamo meno in contatto, mi sento di infrangere la parola data per parlare con te.»

Era come se da una parte non lo stessi seguendo affatto e dall'altra già sapessi dove voleva andare a parare. Una cosa che avevo sempre saputo, sempre sentito, ma che per difendermi non avevo mai voluto vedere; così me l'ero ricacciata dentro per la paura, per le illusioni che avrebbero potuto ferirmi, come tutta la storia di Grazia.

«Quale parola data?»

«Di non dirti niente, di non raccontarti quanto c'è stato di merda quando se n'è andato.» Si strinse nelle spalle, e si portò alle labbra il mezzo bicchiere di spuma bionda che ancora campava sul tavolino. «Lui c'è sempre stato di merda, perché non sapeva come fare, non voleva rovinare l'amicizia.» Sorrise, fra sé e sé, straniandomi. «Quando eravamo più piccoli, lo scoprire questa realtà mi sconvolse, però è stato il vedere che in fondo le emozioni e le sensazioni erano le stesse che io provavo per le ragazze a insegnarmi il modo in cui avrei dovuto vedere le cose, lui, e te.» Scosse il capo, fisso in un punto nel vuoto che avrebbe potuto raffigurare Roma o "Le Freak." «Si era quasi deciso a buttarsi, quando tu sei andato col tipo, ma poi ha pensato che fosse più giusto così.»

Volevo balbettare un "Ha pensato male", "Non ha capito una sega", ma ero io quello che non aveva capito una sega.

Virgilio mi era sempre piaciuto su tutti i piani e, per quanto spesso alcuni suoi atteggiamenti mi risultassero antipatici, gli volevo bene come a un parente, come a Flavio. L'idea che potesse essere interessato all'articolo non mi aveva mai sfiorato a livello cosciente, evitavo di scendere in certi particolari con loro, mi bastava che accettassero quanto avevo capito che avevano capito. Persino nel periodo di maggior prurito testicolare, verso l'inizio delle superiori, mi ero trattenuto dal compiere qualsiasi mossa, anche perché a quel punto temevo ormai di rovinare l'amicizia.

A Virgilio era successo lo stesso.

Se lui non mi parlava dei suoi intrallazzi sentimentali, a differenza di Flavio che ci raccontava i suoi esperimenti in attesa della resa della fidanzata che intendeva rimanere vergine fino al matrimonio, me lo spiegavo col fatto che pure io non lo facevo, e credevo si trattasse di un tacito accordo: sorvolare su certi risvolti.

Un altro puzzle si ricomponeva agli occhi della mia mente, dandomi la sensazione di aver sempre conosciuto la soluzione. Inconsciamente.

Possibile che mi fossi accorto di quello che avevo perso solo quando lo avevo perso? Ma se quel giorno avessi avuto il coraggio di fermarlo, di non baciarlo sulle guance, di parlargli di Foucault o di qualsiasi altra stronzata, me la sarei sentita di impedirgli di imboccare la strada che aveva scelto per sé? Lui che poteva, lui che l'aveva trovata lontano da me in tutti i sensi...

Avevo idealizzato Le Freak, e dentro di me pensavo che mi fosse successo anche con Virgilio, dati i ripetuti confronti automatici su quello che faceva o non faceva, o per i famigerati pensieri che ogni tanto mi apparivano profondi, da filosofo vero, e mi affascinavano. Ma non era un'idealizzazione, lui era davvero il top, il grado massimo, per me, per quello che rappresentava nella mia vita quotidiana e non, dalle piccole cose a quelle importantissime. E pensavo così anche se me lo immaginavo a fare la cacca, sebbene quel ricordo di Grazia mi facesse ridere lo stesso.

Forse non c'era stata una scintilla come quella che mi aveva scagliato sui fianchi di Le Freak, forse il prurito testicolare dell'adolescenza non mi aveva fatto avvertire la cotta, ma l'innamoramento era passato in sordina, diretto, dall'amicizia all'amore, e tutto quello si era radicato in me come trasfusione di sangue, senza darmi la consapevolezza o il coraggio di vedere quanto avevo davanti agli occhi.

Insomma, non sarebbe stato certo un accontentarsi di quel che passava il convento.

Ora invece me lo rivedevo lì di fronte, sul letto, più osceno di Le Freak, mentre mi chiedeva come avrei potuto saperlo, se non ci avessi provato; mentre mi diceva che sarei rimasto col rimorso per tutta la vita e con l'idea del "E se invece ci avessi provato? Come sarebbe andata a finire?", guardandomi fisso, intenso, e sembrava incitarmi a fare un qualcosa che riguardava me, lui, il mondo intero.

Dici che mi farebbe bene cambiare aria?

Voleva che gli dicessi di no?

Mi veniva voglia di piangere come un bambino e le dita mi tremavano nell'acciuffare il mio mezzo bicchiere di spuma.

«Io lo amo» sbottai, senza più vergogna nei confronti né di Flavio, né tanto meno di me stesso.

«Sei un coglione.»

«Sì.»

«Diglielo.»

«Ormai è troppo tardi.»

«Abbiamo vent'anni, mica quaranta.»

Non sarebbe stato troppo tardi nemmeno a quaranta, ma lo feci giurare di non dirgli niente. Adesso sì che avrei rovinato tutto, nel farlo.

Per sculo colossale, non mi tradì.

E non tradì più neppure la fidanzata, giacché aspettarlo fino a una laurea fuori corso, e di conseguenza con inframmezzato a sua volta il militare, sarebbe stato uno sfoggio di pazienza assai pesante anche per lei, tanto che furono costretti a un matrimonio riparatore quando a lei ormai si vedeva già un po' di pancia. Tuttavia lui proseguì gli studi.

Flavio sposato, io con i miei amici del collettivo pisano, la fabbrica, qualche articoletto su Grazia che ogni tanto usciva qua e là... e Virgilio, a quanto avevo saputo, non più a casa dei parenti, bensì in un appartamentino che si era procurato dando ripetizioni e nel contempo studiando. Speravo presto di riuscirci anch'io, col mio umile stipendio da operaio.

Flavio mi disse che in quell'appartamentino viveva con qualcuno.

«Stai bene con codesta persona?» gli chiesi l'ultima volta che lo sentii per telefono, Anita Ward che ancora mi risuonava nelle orecchie.

«Perché me lo chiedi?»

Non gli risposi.

E finimmo con l'inviarci per anni solo cartoline di auguri per Natale e Pasqua, anche se manco credevamo più a Babbo Natale e alle vergini incinte.

12.LOVE IS IN THE AIR

«Buonasera signor Salvadori, sono Francesca Mazzanti, possiamo disturbarla?»

Non mi aspettavo che mi avrebbero chiamato davvero. Avevo spedito quell'email quasi per sfizio, in uno dei miei esperimenti di navigazione, spinto dai soliti incoraggiamenti di Flavio, e i pudori che avevo ai tempi in cui avevo stabilito di non contattare il caro vecchio *Portobello* c'erano ancora.

Internet e i cellulari stavano cominciando a invadere l'Italia di fine anni '90, e nell'appartamentino che ero riuscito ad acquistare – con un mutuo che sarebbe durato da lì alla fine del mondo – avevo fatto spazio per una scrivania con una centralina che di tanto in tanto mi faceva venire in mente lo sgabuzzino di Flavio, che non esisteva più, perché lui navigava sul web da ben prima di me. La connessione era lentissima e cadeva di continuo, senza contare che i siti tematici di mio interesse, spulciando su Altavista, risultavano relativamente pochi.

Per quanto tutto fosse piccolo e modesto, e mi avviassi verso la quarantina, ero contento di essere riuscito a fare sempre più mia, quella vita che inizialmente non mi piaceva; ma vuoi l'indipendenza di una casetta in periferia, vuoi i circolini che non avevo smesso di frequentare, in quegli anni in cui tutto sembrava diventare più libero in maniera vertiginosa, i soldi e gli amanti alla fin fine mi erano bastati. E talvolta non si era nemmeno trattato di modesti conventi, benché quegli amori fossero finiti e i miei genitori avessero continuato a far finta di niente.

«Signor Sergio, è ancora lì?»

«Sì, sì, certo, è che non mi aspettavo che mi contattaste davvero.»

«Ci mancherebbe, anzi, la sua storia ci ha colpiti moltissimo e ci farebbe piacere se venisse a parlarne in trasmissione da noi, tutto a nostre spese.»

A Roma? A parlare di Grazia? In tv?

I reality show dovevano ancora arrivare, e andare in televisione non era roba per tutti. Chiunque se ne sarebbe ricordato, voleva dire essere qualcuno, o almeno avere qualcosa da raccontare.

E io ce l'avevo eccome.

Non avevo mai smesso di parlare di Grazia qua e là, e Flavio voleva addirittura aprirmi un sito su Geocities per mettere in rete tutta quella vecchia storia. Lui lavorava da anni come tecnico, ma io al momento ero reticente verso i nuovi mezzi di comunicazione, tuttavia a quanto pareva funzionavano assai, e la tv era un mezzo per me tradizionale.

«Guardi, signora Mazzanti...» Al permesso sul lavoro avrei pensato poi. «Vengo di sicuro.»

D'un tratto, mi era balzato alla mente che, con un putiferio mediatico, le forze dell'ordine avrebbero preso almeno una posizione, avrebbero chiesto scusa, qualcosa si sarebbe mosso. Certo, niente sarebbe cambiato, la polizia non avrebbe più potuto inscenare la seppur minima ricerca, dato il ricambio di vegetazione sul monte, ma per me tutto quello era importante per una questione di principio.

Non avevo nemmeno una tomba su cui portare un fiore.

Dopo tutti quegli anni, avrei potuto se non altro fare quanto i miei non avevano ancora avuto il coraggio di fare, ovvero richiedere la procedura per dichiarare la morte presunta di Grazia.

Ci avrei pensato al ritorno da Roma.

Il difficile fu organizzarmi, perché, al di là delle mie trasferte pisane, non avevo avuto molte occasioni di viaggiare nella vita, sicché la prenotazione del pendolino e la ricerca di un posto dove trascorrere la notte furono per me il lato più difficile. Del resto, la trasmissione mi avrebbe rimborsato, non fatto da cicerone.

La figlia di Flavio, che ormai aveva più o meno l'età che avevamo noi all'epoca delle vicende di Grazia, mi aiutò come poté, ma erano i suggerimenti insidiosi del mio amico a fracassarmi gli zebedei: «Perché non provi a chiamarlo? Anche se non può ospitarti, mi sembrerebbe un'ottima occasione per rivedervi, e magari potrebbe suggerirti l'ostello che fa al caso tuo.»

Da un lato l'idea mi allettava, perché la chiamata della trasmissione mi aveva riportato alla memoria un sacco di suoni e colori che credevo di aver perso da tempo, dall'altro avrei voluto concentrarmi su Grazia.

Gli articoletti e i suggerimenti da internauta di Flavio erano un qualcosa di quotidiano, di ordinario, abitudinario, su cui le memorie si erano sedimentate con naturalezza, mentre una chiamata dalla televisione per un balzo tanto importante mi faceva sfilare i ricordi davanti agli occhi in maniera più tangibile; tangibile come quelle lontane fette di pane col pomodoro, come se da una parte fossi costretto a ripassare tutto quanto e dall'altra questo tutto quanto erompesse da sé, evocato da un negromante.

Alcuni ricordi erano brutti, altri belli. Mio padre era morto, Alessandro e Fulmine pure, Grazia non sarebbe mai tornata, come Virgilio, che alla fine, fra un turno in fabbrica e un parente da andare a trovare, non avevo più visto nemmeno per le famigerate feste.

La vita va così. Ci si perde. Come aveva pronosticato Flavio sin dall'inizio. Neanche sapevo che fine avesse fatto Le Freak, per esempio, e non mi era più interessato.

«Ma magari poi ci si ritrova.» Flavio voleva fare un nuovo pronostico vincente?

Come quello sulla gente che un giorno avrebbe usato i telefoni per fare cose tipo quelle che faceva lui nello stanzino? Era tutto matto, aveva fatto strada, sì. Da fermo.

Mi vergognavo come uno scemo. Mesi addietro Flavio mi aveva dato l'indirizzo email di Virgilio, e persino il numero di cellulare. Era entrato di ruolo in un Liceo romano, come docente di Storia e Filosofia. Ogni tanto loro si erano sentiti. Ma non avevo osato né chiedere all'uno se il nostro vecchio amico avesse ancora un compagno fisso, né avevo certo osato chiamare il nostro vecchio amico per domandarglielo direttamente.

Se mi era parso sciocco e infantile rovinare tutto a quei tempi, figurarsi ora, che non ci sentivamo da anni, che ci eravamo persi, e che la vita mi aveva portato a farmelo percepire quasi come un estraneo.

Virgilio non era più il ragazzo che mi aveva baciato sul cofano della 126, adesso era un uomo, come me, con la sua vita, le sue abitudini e i suoi bisogni.

Due persone diverse in due mondi diversi.

Mi sarei sentito ancora più sciocco e infantile a chiamarlo come mi stava suggerendo Flavio.

Eppure, forse proprio la forza e il coraggio che mi stavano sfrigolando dentro all'idea di parlare di Grazia in tv, al ricordo di quei tempi, con amarezza, ma anche un sorriso, mi portò alfine a comporre quel numero, già pentito di averlo fatto non appena il trillo della Ward cominciò a risuonarmi nell'orecchio.

E fu strano, stranissimo, sentire quella voce in quel momento. Uguale. Non diversa. Non in un altro mondo come quelle nella radio che parlavano dal monte.

«Virgilio...»

«Sergio, ma sei tu?» Mi fece ridere l'idea che anche lui mi avesse subito riconosciuto. «Come stai?»

«Come un gallo che ringrazia Dio di aver creato le galline senza mutande.»

Bastò quello, la risata che ne sfogò, per riportarmi indietro di vent'anni e non farmelo sentire più come un estraneo. Una vecchia battuta di Grazia, una risata che conoscevo meglio di me stesso, lacrime di nostalgia che avrei voluto vomitare dalle palpebre, e sapori che desideravo assaggiare ancora.

«Se ti va di stare da me, ti faccio i fagioli rossi di Lucca, con la salsiccia» mi disse d'un fiato, non appena gli raccontai della trasmissione.

Avrei voluto rispondergli: "Così? D'un botto? Ma non è che poi mi farai ruzzolare dal letto?", tuttavia mi parve un po' troppo azzardato e mi limitai a un "sì."

Mi organizzai in modo e maniera di rimanerci per almeno un paio di giorni. Flavio era più elettrizzato di me, all'idea, anche perché, fra una telefonata per accordarci e l'altra, Virgilio mi aveva lasciato intuire, non solo di essere solo, ma anche che aveva in programma di chiedere il trasferimento al Liceo della nostra città, per tornare a casa, adesso che i suoi erano andati in pensione e prima o poi avrebbero avuto più bisogno di lui.

Certo, non tornava per me, però tornava, anche se adesso ero io che stavo per una buona volta andando incontro a lui. Ma tutto quello mi spaventava a morte, perché mi chiedevo: "E se non va bene? Se tutto è cambiato? Se non mi piace più? Se questi due giorni saranno un disastro? Se mi sentirò a disagio? Se sarà una grandissima delusione e non potrò più appoggiarmi nemmeno al suo ricordo tanto bello e consolatorio?".

Non potevo accantonare di nuovo tutto per la paura di rovinare quello che in definitiva era solo un ricordo. Dovevo buttarmi. Al tempo stesso rischiavo meno e auspicavo al di più. Ma ormai eravamo grandi e io dovevo oltretutto pensare a Grazia, per la trasmissione.

Quella volta fu lei la forma di difesa. Adesso usavo la storia di mia sorella e della trasmissione per autodifendermi dall'incontro con Virgilio.

Virgilio, che mi spiegò la strada per arrivare dalla stazione a casa sua attraverso un Motorola che mi parve una radio; *Love Is In The Air* di John Paul Young tornava dal passato per dirmi che non era chiaro se fossi sciocco o saggio, se fosse un'illusione o la verità, ma ci dovevo credere.

Così come dovevo credere al suo sorriso nel vano della porta. I capelli lunghi non c'erano più, il pizzetto da Che pure, ma mi pareva più bello di sempre, più uomo, più affascinante, più... di più, insomma.

«Che ci fai costì impalato come un ebete?» mi domandò.

«Non sono un ebete» risposi, entrando e richiudendomi la porta alle spalle. «Sono un arrizzacazzi.»

Non so se fu quello scambio di battute a riportarci indietro in un battibaleno, a farci provare quella sensazione che tutti gli amici di vecchia data provano quando si rivedono dopo tanto tempo, l'idea dell'essersi salutati solo ieri; sta di fatto che, quando mi spiacciccò contro la porta come quel giorno sul cofano della 126, non rimasi mica tanto di stucco... e boia se baciava bene!

Tra l'altro, quella volta, per i vent'anni successivi non ci mollammo più.

13.YOU'RE THE FIRST, THE LAST, MY EVERYTHING

«Salutiamo il nostro ospite, ringraziandolo per essere tornato da noi.» La Mazzanti mi dà una pacca su una spalla, come una vecchia amica, mentre le telecamere si allontanano da me. «Se oggi parliamo di più di certi argomenti è anche grazie alle persone come lui, che hanno avuto il coraggio di gridare al mondo queste ingiustizie.»

Così, intanto che lei e le telecamere si avvicinano all'ospite successivo, io mi dico che Flavio aveva ragione e che ero meno agnello di quel che pensavo. I pudori lasciano il tempo che trovano, in determinate situazioni, e le telecamere sono meno invadenti di quello che avevo sempre ritenuto, nel contesto di uno studio televisivo.

Non ho mai risolto niente, Grazia non è più tornata, ma ho fatto tutto quello che potevo, ed evidentemente a qualcuno o qualcosa sono arrivato.

Come è successo ad altre persone che ho conosciuto in tanti anni di battaglie.

C'è pieno di casi come quello di Grazia, soprattutto indietro nei decenni. È chiaro cosa sia successo, è ovvio. Perché non fanno nulla? Perché la polizia non conclude un accidente? Perché non ci sono prove, è passato troppo tempo e non ce ne sarebbero state nemmeno all'epoca.

Qualcuno, grazie ai presunti luoghi in cui è avvenuto il delitto, con le prove del DNA, arriva dopo una vita di lotte alla soluzione; qualcun altro, grazie al tartassamento di anni e anni dei sospettati, pure; noi siamo stati sfortunati sin dall'inizio, perché non abbiamo mai avuto nulla in mano. Insomma, anche ad aver avuto all'epoca i soldi per i famigerati ottimi avvocati, non avrei combinato un bel niente.

Adesso, se non altro, Grazia ha la sua tomba fittizia, dove di tanto in tanto posso portare un fiore.

Dopo il viaggio a Roma per la prima trasmissione, avevo messo davvero in atto quanto mi ero ripromesso, e la sua morte presunta è stata dichiarata da anni.

E negli anni li ho sentiti, gli ottimi avvocati, gratis, perché, con le acque che ho smosso, talvolta si sono fatti avanti da sé, per consulti che somigliano più a chiacchiere rassegnate, dato che in definitiva tutti hanno tratto le medesime conclusioni: dipende sempre dalle circostanze e dalla sensibilità di chi prende in carico la questione.

Da un fatto paradossale, possono partire per intuito criminologico le indagini più improbabili; ma se gli incaricati non sono in grado di combinare un accidente, se a condurre le ricerche ci sono i mulini a vento, non c'è nulla da fare.

Ma, nonostante questo nulla in mano, mi sento parte di un tutto, sono stato e sarò perlomeno utile ad altre persone, e per me il punto è sempre stato un altro: la gente dimentica oppure ricorda e racconta a suo piacimento, e io glielo impedisco.

Quella spinta, quel coraggio, quello slancio che non finisce mai...

Perché nel frattempo ho visto condannare persone in assenza di cadaveri, la gente additare i colpevoli anche se mancavano le prove, e c'era la certezza di quanto fosse avvenuto, come nel caso della povera Roberta Ragusa, che era pure delle mie parti. E quanto c'è voluto comunque, seppur in anni recenti. Per non parlare dei casi in cui ci sono di mezzo le forze dell'ordine stesse, decise a insabbiare. Peggio dei mulini a vento. La leva obbligatoria abolita anche per i fatti incresciosi avvenuti alla Gamerra della Folgore...

A me non succederà mai di vedere l'assassino dietro le sbarre, perché, anche se ci fosse stata la possibilità di procedere, chi può aver ucciso Grazia non c'è più quanto lei.

Ma non è questo che conta, no.

Se i fatti di Grazia sono andati come ho sempre pensato, non ha tutta questa importanza, per me, adesso. Ormai non può più avere importanza, né l'aveva a ben vedere allora, quando già non si poteva far nulla. Quelle concatenazioni secondo me erano le più verosimili, date le circostanze, i personaggi e il 'caso.' Tutto qui. Non voglio dimostrare la crudezza della realtà, né l'incompetenza delle forze dell'ordine, né sottolineare quanto è meschina la vita, malinconica, oppure banale e paradossale al contempo. Del resto, le cose bruttissime spesso capitano nella stessa maniera assurda e imprevista di quelle belle.

Appartengo semplicemente a quella parte di umanità che non si è rassegnata, che non si arrende, e che, a prescindere dall'avere o meno una soluzione, un colpevole concreto, un finale, ha bisogno di parlare.

Per senso di giustizia. Per amore della libertà, di parola e non.

La ribellione è un momento della vita, la delusione è qualcosa di già morto, e io sono vivo.

È la quarta volta che vengo qui, anche se sono trascorsi degli anni dall'ultima, e ognuna mi dà qualcosa di nuovo, una nuova conferma, una nuova forza. Stavolta ho pronunciato a chiare lettere davanti alle telecamere l'espressione "il mio compagno", che è là, nella nostra casetta di provincia, ad aspettarmi con i fagioli rossi di Lucca, con la salsiccia, indipendentemente dall'ora in cui arriverò.

Idea a cui negli anni si era abituata nientepopodimeno che la mamma.

Be', adesso, nel mondo e tra la gente, ci sono meno pudori anche per questo. È tornato persino *Portobello*... e i ragazzi ci vanno a cercare il marito.

La promozione in fabbrica da operaio a impiegato. La pensione vicina. Il bel rapporto con l'uomo della mia vita. Una storia del passato che è saltata di nuovo fuori per non andare di sicuro da nessuna parte. Grazia non ce la ridarà mai nessuno. La mamma convinta che Gloria Gaynor avesse un cognome a caso, il Ciao, le radio, il collettivo sul monte, Marx a pappagallo e il respiro da trattenere per infilarsi i jeans. Lo stanzino di Flavio che puzzava di ferro mentre i baracchini dei camionisti si infiltravano nell'apparecchiatura da radioamatore. Che colpo al cuore quel giorno...

La normalità degli anni di piombo... Se non altro, a quel tempo si ammazzavano per la politica. Ora non ne vale più nemmeno la pena, e si sfracellano con i selfie estremi.

E, uscendo dagli stabilimenti, nel buio della notte, stanco ma soddisfatto, ripenso anche a quei due occhi neri che t'incenerivano. Un ballo di sesso sfrenato in mezzo al bosco. Quel ragazzo senza nome che non ho più visto né sentito.

Perché ho ripensato a lui, nel momento in cui la Mazzanti mi ha chiamato per invitarmi alla trasmissione? Sono stanco di Virgilio? Vorrei lanciarmi in qualche strana avventura? I ricordi e la nostalgia mi porterebbero fuori strada, ancora, come un ragazzino, se andassi indietro nel tempo? Mi farei traviare, se mi avventurassi di nuovo come uno scellerato in cima a un monte?

Ci sono tornato giorni fa, per vedere cosa fosse rimasto a seguito dell'incendio di cui ha parlato anche la Mazzanti nel corso della trasmissione. Il gigante tra le fiamme...

Dalla parte che di solito frequentavo io, sembrava tutto intatto, come se niente fosse successo e il tempo si fosse fermato, sia riguardo l'incendio, sia in riferimento ai miei ricordi. Le auto erano parcheggiate nelle piazzole e la gente si inoltrava nel verde, fra i tronchi, per raccogliere le castagne; ma, arrivati verso lo svincolo per la cima, la strada era ancora transennata, c'erano le guardie, e dalla piazzola che spaziava sul panorama si vedevano solo sterpaglie, terra bruciata e alberi rinsecchiti a vista d'occhio. Chissà quanti anni ci vorranno affinché sia possibile recuperare almeno qualche ettaro...

No, niente affatto. Non sono stanco di Virgilio, tutto il contrario, non mi farei traviare da nessuno, se mi avventurassi di nuovo come uno scellerato in cima a un monte. Men che mai da Le Freak. Se ho ripensato a lui, nel momento in cui la Mazzanti mi ha chiamato per invitarmi alla trasmissione, è perché si è trattato di un pensiero all'indietro, come per Grazia, Alessandro, Fulmine, il babbo, la mamma... tutte le persone che non ci sono più e non avranno altre opportunità; persone morte, come la vegetazione sul monte, a differenza di me e di Virgilio, che siamo felici. Un pensiero all'indietro, sì, come se per me fosse morto da anni anche lui, Le Freak.

«Sergio!»

Chi mi chiama?

Mi volto qua e là, in un piazzale meno deserto di quello che si potrebbe pensare, data l'ora tarda della fine della diretta. I dipendenti vanno e vengono. Alla Mazzanti stavolta ho detto che l'albergo non mi interessava, avrei preso il primo treno dell'alba. Ma mi hanno prenotato un taxi, e sta per arrivare.

Forse è il tassista?

C'è un ometto poco più in là, una giacca di pelle e le mani in tasca, a far sembrare ancora più goffo quel corpo sovrappeso sovrastato da un cespuglio non troppo folto di capelli bianchi. Mi sorride. E quel sorriso io lo conosco.

La vita funziona così.

Succede tutto per caso.

Mi avvicino lentamente, con la faccia più da ebete che da arrizzacazzi, e lui fa lo stesso. Certo che se la Mazzanti mi dice che io sembro un divo di Hollywood e Virgilio mi pare ancora un gran figo, questo se l'è passata proprio male. Saranno state le droghe, o la vita in generale, ma se io dimostro quindici anni di meno, lui ne dimostra quindici di più. Non avverto nemmeno quel tipico singulto in gola che, al di là di quello che ormai non provi più per una determinata persona, ti emoziona nel rivederla, per caso, in strada.

Lo sguardo di velluto si è spento e le ciglia che lo addolcivano e imbrunivano sono imbiancate. Il sorriso è lo stesso, però parecchio ingiallito, e non è più incorniciato da lineamenti perfetti, perché le labbra si sono assottigliate, in mezzo a una rete di lineette. Le guance scivolano giù come saccocce sgonfiate dalle rughe, che tirano via tutto dallo sguardo. Un fantasma di ciò che è stato.

«Passavi di qui per caso?»

«Mi hai riconosciuto?» Il sorriso si fa più luminoso, ma non basta. E non reagisco in questa maniera perché è imbruttito e non mi piace più. Per quanto sia stato la mia iniziazione, il primo, l'ultimo e l'unico è sempre stato un altro. «Ti ho anche cercato su Facebook e avrei voluto inviarti un messaggio mentre ti vedevo alla tv, ma poi ho pensato che, abitando vicino, avrei fatto in tempo a trovarti qui all'uscita e avremmo potuto berci qualcosa insieme.» No, non è stato un caso. Il figlio più piccolo di Flavio mi dice sempre che Facebook è roba da vecchi, come noi, e che siamo così scemi da prenderlo come Grindr. Ha ragione. E difatti la prima cosa che mi domando è quali siano le intenzioni del tipo che ho di fronte: un ragazzo un tempo un po' fulminato, come i suoi compari, che leggeva Foucault ed era un figlio di papà, che un giorno venne allontanato dalla mia città e che adesso magari fa l'imprenditore per qualche ditta di import/export. E chissà cosa cavolo importa ed esporta. Forse si sarà calmato. Vai a sapere. Non mi fidavo prima, figuriamoci ora. Non mi stupirei, se tirasse le mani fuori dalle tasche e gli vedessi la fede. «Sei un grande a parlare ancora di tua sorella.»

Avrebbe potuto fare una telefonata in diretta, per parlare di Grazia, e invece non l'aveva presente nemmeno all'epoca.

Non mi viene da dirgli niente. Forse perché niente ho mai avuto da dirgli.

È arrivato il taxi.

Mi avvio verso lo sportello a disagio, mentre l'altro si ammutolisce alle mie spalle.

È da sgarbati andarsene così, ma lui non è mai stato fatto per me, e Virgilio quel giorno, con quel bacio rubato – altro che caso... – mi ha salvato la vita.

«Io mi chiamo Massimiliano.»

Un motorino fermo sul monte. Una Giulia GT che si allontana. Un nome comune, un po' da fighetto impostato, sì. Una storia per caso.

«Bevi alla mia salute» gli rimando dal finestrino quando già sono sul taxi. «A casa mi aspettano i fagioli rossi di Lucca.» Il taxi prende a muoversi. «Con la salsiccia.»

E tante grazie a Barry White.

INFO

RUNNY MAGMA – Fra il 2015 e il 2016 ha pubblicato i gay romance "Mascarado", "Perfect Strangers", "Porcahontas & (S)mascarado" e "A qualcuno piace tiepido", e ha curato la rubrica "Drag Stories - Storie di strascichi" sul blog "Refusi Etc.", dove ha dato voce alle drag queen italiane. Sempre a tematica LGBT sono i successivi mystery di formazione "Small Town Boys" (2017) e "Le Freak" (2019).